Tucholsky Wagner Zola Scott Sydow Freud Schlegel
Turgenev Wallace Fonatne
Twain Walther von der Vogelweide Fouqué Friedrich II. von Preußen
Weber Freiligrath Frey
Fechner Weiße Rose von Fallersleben Kant Ernst Frommel
Fichte Richthofen
Engels Fielding Hölderlin Dumas
Fehrs Faber Flaubert Eichendorff Tacitus
Feuerbach Maximilian I. von Habsburg Fock Eliasberg Zweig Ebner Eschenbach
Ewald Eliot Vergil
Goethe London
Mendelssohn Balzac Shakespeare Elisabeth von Österreich Dostojewski Ganghofer
Trackl Lichtenberg Rathenau Doyle Gjellerup
Stevenson Hambruch Droste-Hülshoff
Mommsen Tolstoi Lenz
Thoma von Arnim Hanrieder
Dach Verne Hägele Hauff Humboldt
Reuter Rousseau Hagen Hauptmann Gautier
Karrillon Garschin
Defoe Hebbel Baudelaire
Damaschke Descartes
Hegel Kussmaul Herder
Wolfram von Eschenbach Dickens Schopenhauer Rilke George
Bronner Darwin Melville Grimm Jerome Bebel
Campe Horváth Aristoteles Proust
Bismarck Vigny Barlach Voltaire Federer Herodot
Gengenbach Heine
Storm Casanova Tersteegen Grillparzer Georgy
Chamberlain Lessing Langbein Gilm
Brentano Lafontaine Gryphius
Strachwitz Claudius Schiller Kralik Iffland Sokrates
Katharina II. von Rußland Bellamy Schilling
Gerstäcker Raabe Gibbon Tschechow
Löns Hesse Hoffmann Gogol Wilde Vulpius
Luther Heym Hofmannsthal Gleim
Roth Klee Hölty Morgenstern Goedicke
Luxemburg Heyse Klopstock Kleist
Machiavelli La Roche Puschkin Homer Mörike Musil
Navarra Aurel Horaz
Nestroy Marie de France Kierkegaard Kraft Kraus
Lamprecht Kind Kirchhoff Hugo Moltke
Laotse Ipsen Liebknecht
Nietzsche Nansen
Marx Ringelnatz
von Ossietzky Lassalle Gorki Klett Leibniz
May vom Stein Lawrence Irving
Petalozzi Knigge
Platon Kafka
Sachs Pückler Michelangelo Kock
Poe Liebermann
de Sade Praetorius Mistral Zetkin Korolenko

Der Verlag tredition aus Hamburg veröffentlicht in der Reihe **TREDITION CLASSICS** Werke aus mehr als zwei Jahrtausenden. Diese waren zu einem Großteil vergriffen oder nur noch antiquarisch erhältlich.

Symbolfigur für **TREDITION CLASSICS** ist Johannes Gutenberg (1400 — 1468), der Erfinder des Buchdrucks mit Metalllettern und der Druckerpresse.

Mit der Buchreihe **TREDITION CLASSICS** verfolgt tredition das Ziel, tausende Klassiker der Weltliteratur verschiedener Sprachen wieder als gedruckte Bücher aufzulegen – und das weltweit!

Die Buchreihe dient zur Bewahrung der Literatur und Förderung der Kultur. Sie trägt so dazu bei, dass viele tausend Werke nicht in Vergessenheit geraten.

Novellen

Walter Flex

Impressum

Autor: Walter Flex
Umschlagkonzept: toepferschumann, Berlin

Verlag: tredition GmbH, Hamburg
ISBN: 978-3-8424-0474-8
Printed in Germany

Ziel der TREDITION CLASSICS ist es, tausende deutsch- und
fremdsprachige Klassiker wieder in Buchform verfügbar zu
machen. Die Werke wurden eingescannt und digitalisiert. Dadurch
können etwaige Fehler nicht komplett ausgeschlossen werden.
Unsere Kooperationspartner und wir von tredition versuchen, die
Werke bestmöglich zu bearbeiten. Sollten Sie trotzdem einen Fehler
finden, bitten wir diesen zu entschuldigen. Die Rechtschreibung der
Originalausgabe wurde unverändert übernommen. Daher können
sich hinsichtlich der Schreibweise Widersprüche zu der heutigen
Rechtschreibung ergeben.

Vorwort

Die vorliegenden Novellen, die auch in den ersten Band der Gesammelten Werke von Walter Flex aufgenommen sind, wurden vor dem Kriege, zwischen 1907 und 1914, geschrieben. Ein Teil wurde damals in der Deutschen Romanzeitung veröffentlicht, »Martin Kettlers Opfer« war eine Preisnovelle, »Werner« erscheint erstmalig im Druck. Unter den Papieren des Dichters finden sich Entwürfe, nach denen er damit umging, einen Teil dieser Novellen mit einigen anderen, insbesondere mehreren, die jetzt in dem Bändchen »Wallensteins Antlitz« enthalten sind, unter dem Titel »Die gläserne Brücke. Ein Novellenbuch« zusammenzufassen. Der Name findet seine Erklärung in einer Stelle der Novelle »Werner«. Es ist bei diesem Ausdruck, der die fragwürdige Stabilität unserer inneren Welt symbolisiert, an seelische Erschütterungen und Krisen gedacht, durch die wir entweder zu außerordentlichen, uns sonst fremden Handlungen fortgerissen oder an den Strand eines »nachtgewordenen Lebens« geschleudert werden. Dieses Krisenmoment kehrt in der einen oder anderen Form in allen diesen Novellen wieder. Im »Gebet für Jérôme« und in »Martin Kettlers Opfer« tritt außerdem das vaterländische Ideal stark hervor. Die Mahnung zu nationaler Würde und innerer Einigkeit im Gedanken an die deutschen Mütter, »die unter der Zwietracht der Kinder schuldlos am bittersten leiden«, wirkt wie für unsere Zeit geschrieben.

Upsala, November 1926

Dr. Konrad Flex

Werner. Eine Studentennovelle

Es muß wohl so sein, daß ich mir die Geschichte meines toten Freundes beim Schein dieser alten Studierlampe vom Herzen schreibe, die uns beiden in unvergessenen Stunden vertraut wurde! Wie oft habe ich in all den Tagen in wehmütigem Sinnen auf die blauen Schwalben geschaut, die dem milchfarbenen Glasschirm aufgemalt sind und beim Schimmer der gelblichen Flamme ein seltsam wesenloses Leben gewannen! Stück um Stück ist dabei die Vergangenheit aus schattenhaftem Dunkel getaucht, Stunden, die seit langem tot waren, sind lebendig geworden und haben zu mir gesprochen, daß mir das Herz schwer und gepreßt wurde. Jene Abendstunden, in denen ich mit Werner plaudernd oder schweigend beisammensaß, jene Stunden unseres jungen Lebens, die sich zu einer schönen, endlosen Kette aneinanderzureihen schienen, und jene anderen, die sie abzulösen kamen – alle jene gemeinsam und einsam verträumten Stunden sind wach und lebendig geworden.

Manche habe ich gewaltsam vergessen wollen und habe, wie ich sie unerbittlich auftauchen und wesenhaft werden sah, in vergeblichem Trotze die Augen geschlossen.

Nun steht die Geschichte seines kurzen Lebens deutlich vor mir, als könnte ich sie Wort für Wort von den noch unbeschriebenen Blättern dieses Heftes lesen, und es ist mir fast, als führe ich nicht die Feder, sie niederzuschreiben, sondern als wecke ich nur, indem ich Zeile um Zeile mit dem Stift berühre, eine unsichtbare Geheimschrift, die ein spukhaft totes Leben seit wer weiß wie lange schon in den Fahnen dieser weißen Blätter lebt. Mein Schreiben ist unwillkürlich wie Träumen und Erinnern, gegen das wir wehrlos sind ...

Ich hatte Werner seit der Zeit, da wir in Erlangen Wand an Wand wohnten und dieselbe blaue Burschenmütze trugen, nicht mehr gesehen. Seither waren vier Semester vergangen, und wir standen beide im Begriff, unsere Studien abzuschließen. Ich wohnte bei Mutter und Schwester in Straßburg, das uns Heimat geblieben war, seit unser Vater dort als Universitätslehrer gestorben war.

Ich saß an einem prächtigen Märztag, tief in philosophische Studien vergraben, in meinem Arbeitsstübchen und ärgerte mich über eine Biene, die mir hartnäckig vor der Nase hin- und hersummte, und freute mich abwechselnd über die ungezählten Marienkäferchen, die auf dem Tisch und in den Gardinen der Fenster herumkrabbelten.

Meine Schwester trat rasch und leise ins Zimmer und legte eine Depesche vor mich hin. »Doch nichts Schlimmes, Paul?«

Ich erbrach rasch das Papier und las halblaut: »Ich komme morgen Mittag. Es lebe das Sommersemester in Straßburg und das Examen. Werner.«

Da ließ Anna lachend die Hand, die sie besorgt auf meine Schulter gelegt hatte, sinken. »Es hätte schlimmer sein können. Da kann ich Mutter ja beruhigen.«

»Es hätte nichts Besseres sein können, Anna! aber auch nichts Unerwarteteres. Es sieht ihm ähnlich, so mit der Tür ins Haus zu fallen.« Dann war ich allein im Zimmer. Ich setzte meine Pfeife in Brand und kramte Werners Bild aus meinem Studentenalbum. Ein schlankes Füchslein im ersten Semester. Ein kluges und doch weiches Gesicht, dem unsere Mütze in ihrem leuchtenden Hellblau mit dem silbergestickten Eichenkranz auf schwarzem Samtbande vortrefflich stand.

Davor saß ich lange in freundlicher Erinnerung.

Wenn ich sonst an Freunde und Bekannte dachte, so trat mir stets eine ganz bestimmte Stunde, ein festbegrenztes Erlebnis vor Augen, in dem sich mir alle Eigenschaften ihres Wesens verkörperten. Dachte ich an Werner, so glitt mir gleichsam eine Perlenschnur ferner, schimmernder Tage und Nächte durch die Hände. So war mir auch damals ...

Ich kannte Werner schon seit Wochen und hatte Freude an seinem Wesen, aber sie war objektiv und wunschlos. Das Bedürfnis, ihm näherzukommen, mit dem ich sonst als junger Mensch so vielen Gleichaltrigen schüchtern und hölzern gegenüberstand, und dem ich einige Enttäuschungen verdanke, kam mir ihm gegenüber nicht.

Er gefiel mir wegen der frischen Augen seines Leibes und seiner Seele. Aber er war mir zu frei und zu heiter und gegen sich selbst zu nachgiebig in leichtsinnigen und weichen Stimmungen.

Er verstand es wie kein anderer, eine leichte Heiterkeit zu erregen und zu erhalten, wenn wir plaudernd durch die Straßen von Erlangen bummelten. Ich hätte nie gedacht, daß es in dem gleichförmig langweiligen Städtchen so viel zu zeigen und zu belachen gäbe. Aber unter Werners leichtem Geplauder schrumpfte das kleinstädtische Nest mit seinen niedrigen kleinen Häusern, seinen leeren, geraden Straßen so völlig zu einem Puppendorf, zu einem Eldorado behaglich verschlafenen Spießbürgertums zusammen, daß es unwiderstehlich zum Lachen reizte. Wie oft steckte uns seine Heiterkeit an, wenn er plötzlich einen schläfrig die leere Straße daherzottelnden Wagen mit dem Freudengeschrei »Ein Pferd! Seht nur, ein wirkliches Pferd!« begrüßte, als sei so etwas ein unerhörter Spektakel in unserer gottverlassenen Einsamkeit.

Oder was für Tollheiten wußte seine sprudelnde Laune aus dem Emigrantenbrunnen im Schloßgarten hervorzulocken, der phantastischen aus Kalktuffblöcken getürmten Pyramide, aus deren Formlosigkeit sich beim Näherkommen eine seltsame, verwitterte Gesellschaft, ein Gewimmel von Herren und Dämchen in modischen Kostümen des siebzehnten Jahrhunderts, von Gnomen und Putten und posaunenblasenden Engeln löst!

Aber es vergingen Wochen, bis er mir lieber wurde als andere Menschen, die ich gerne um mich sah.

Es war eine Stunde, wie sie nur junge Leute zu Freunden macht.

Später als gewöhnlich wanderte ich eines Abends im Juni nach Frankendorf, einem kleinen Dörfchen zu Füßen des Rathsbergs, in dem wir allsamstäglich kneipten, hinaus und wählte statt des gewöhnlichen Wegs den weiteren, aber abwechslungsreicheren Pfad über den Berg.

Langsam stieg ich den von schlanken Birken gesäumten Weg durch den dunkelnden Föhrenwald bergan. Ein leiser Wind hatte sich aufgemacht und spielte in den Wipfeln der Bäume. Wie gewöhnlich hielt ich auf den Aussichtsturm zu, der den Berg krönt, um von dort nach der blau-weiß-goldenen Fahne im Tal Umschau zu halten. Noch ein paar Schritte, und eine Waldlichtung schenkte mir einen überraschend schönen Ausblick in die mondbeglänzte Landschaft.

Zu meinen Füßen dehnte sich weit das fränkische Land, das sich ferne am Horizont in den weichen Linien der dunklen Wälder und Höhenzüge verlor. Die Regnitz teilte und belebte es mit ihren lieblichen Windungen. Hier und dort blitzten die Lichter der fränkischen Dörflein auf, die malerisch von den charakteristischen Kirchweihbäumen überragt wurden.

In den lieblichen Anblick versunken, hatte ich geraume Zeit, auf ein einfaches steinernes Mal gelehnt, ins Tal hinabgeschaut, als mir plötzlich vom Rücken her der Wind zerrissene Klänge eines Studentenliedes zutrug.

Ich wandte mich um, und mein Blick traf auf das Dorf Rathsberg, das hier oben auf waldiger Höhe in dunkellaubige Obstwälder gebettet liegt. Auf hohem Maste flatterte eine schwarz-grün-gelbe Fahne. Rathsberg ist der alte Stammsitz des Korps der Bayreuther, und ich empfand es mit einmal seltsam, als ich mir bewußt wurde, daß ich hier draußen auf dem Denkstein eines der Ihren lehnte, der im Florettduell gegen einen Burschenschafter gefallen war. Ich versank in eine träumerische Stimmung und erschrak leicht, als ich unvermutet in meinem Rücken Werners Stimme hörte. Ich erkannte sie gleich trotz des mir ungewohnten leisen und weichen Klanges.

»Nun sollte der Dampfer mit seinen Lichtern stromab kommen!« Ich wandte mich um und sah ihm erstaunt ins Gesicht.

Er ergriff lächelnd meine Hand. »Verzeih, ich sprach von zu Haus. Heut' ist ein Abend ganz wie der, an dem ich zum erstenmal von der Havel Abschied nahm, um hierherzukommen.«

Und dann nach einer kleinen Weile erzählte er, ohne daß einer von uns wußte oder darüber nachgedacht hätte, was uns zum Plaudern und Zuhören gebracht hatte.

»Am letzten Abend vor meiner Abreise von Werder war ich noch ein gutes Stündchen in dem kleinstädtischen märkischen Nest umhergezogen. Zuletzt stand ich bei sinkender Sonne auf einer der alten Havelbrücken inmitten der Stadt. Aufs Geländer gelehnt, blickte ich über das flutende Wasser, auf dem jetzt rosa Wölkchen zitterten, hinauf zu den in immer tieferes Dunkel tauchenden Havelhöhen. Blutrot stand die Sonne darüber.

Und dann wurden die Farben im Wasser immer tiefer und dunkler, dunkelrot, violett, bis sie endlich im Schwarz erstarben. Lautlos glitten durch das Meer von Farben Fischerboote und Fähren, die sich von den dunkel und massig daliegenden Schiffsleibern lösten.

Dann auf einmal – es war, als ob die gesunkene Sonne sich langsam wieder aus den verdunkelten Wassern zu meinen Füßen höbe – tauchte eine mattrote Scheibe im Flusse auf. Ich wandte mich um: der Mond stand fahlrot am Horizonte zwischen düster aufragenden Kirchtürmen und einer riesigen Mühle, deren mächtige Schaufeln scharf und schwarz gegen den helleren Himmel standen. Höher und höher stieg er, ließ sein rotes Kleid im Flusse und leuchtete heller und heller, bis er silberweiß über der nun völligen Nacht stand. Da schlugen die Kirchenuhren. Ich eilte, ohne viel zu überlegen, im Sturmschritt durch die dunkeln Straßen bis zum Fährhaus und bettelte um ein Ruderboot, das mir endlich mit Kopfschütteln überlassen wurde.

Allein fuhr ich wohl eine halbe Stunde havelaufwärts. Weit an beiden Ufern glänzten bunte Lichter und spielten zwischen den Schatten, aus denen die dunklen Masten der Türme und Häuser herauswuchsen. Der Mond stand voll am Himmel, daß die Sterne nicht aufkommen konnten. Matt leuchteten sie tief im Himmel.

Jetzt zog ich beide Ruder ein, der Kahn trieb leise und unmerklich. Da warf ich im Nu Kleider, Schuhe und Hemd von mir, reckte mich, das Herz war mir übervoll, ich mußte jauchzen – und dann kopfüber in die Flut! Mit langen Stößen kreiste ich um meinen Nachen. Endlich schwang ich mich, da ein erleuchteter Dampfer stromab kam, nicht ohne Mühe wieder in den Kahn, der stets umschlagen wollte, wenn ich seine Seitenbord ergriff, mich hinaufzuziehen. Dann weiter stromaufwärts! wie trunken, nackt und laut singend trieb ich den Kahn mit langsamem Ruderschlag vorwärts. Der hellerleuchtete Dampfer überholte mich rauschend. Auf Deck standen Herren und Damen, starrten in den Mond und blickten zu mir nieder und mochten wohl seltsame Gedanken über den wunderlichen Fischer in seinem Kahne drunten haben. Dann tauchte auch das wieder ins Dunkel.

Endlich ließ ich das eine Ruder strudeln und griff stärker ins andere. Der Kahn flog herum und zurück. Schon war ich fast am Fährhaus, da fiel mir erst mein Kostüm auf. Ich fuhr in die Kleider und hielt auf den Steg zu. Die Fährmannsfrau wartete hier mit einer Laterne und empfing mich mit Vorwürfen.« ...

Er brach plötzlich ab, schob seinen Arm in den meinen, und wir stiegen bergab. Der Wind hatte dunkle Wolken heraufgetrieben, und nur mit Mühe gelang es uns bei der einbrechenden Finsternis, die flatternde Fahne über dem Dörfchen im Tal zu erkennen.

Wir schritten rasch und ohne zu reden zu Tal. Aber wir wußten beide, daß wir nun Freunde seien, obwohl wir nur von Wolken und Wasser und Mond und Sonne geredet hatten.

Ein Viertelstündchen später betraten wir den Garten, der die einfache Dorfschenke, die uns als Exkneipe diente, umgab. Von den erleuchteten Fenstern, aus denen ein Gewimmel hemdärmeliger Gestalten und blauer Mützen schimmerte, klang es zu uns her »Ich kam vom Walde herüber, da stand noch das alte Haus«, Vers um Vers. Das Lied klang aus. Da traten wir ein.

Die wenigen Wochen, die nun folgten, fuhren dahin wie ein Frühlingssturm, aber wenn ich an sie zurückdenke, so erscheinen sie mir wie eine lange, endlose, schöne Zeit und fast wie mein ganzes Studentenleben.

Nicht nur die Abende, die wir gemeinsam plaudernd und lesend und musizierend verbrachten, das ganze studentische Treiben in seinen Tollheiten und seinen ernsten Stunden schien mir jetzt ein tieferes Leben bekommen zu haben. Die Ausgelassenheit wurde toller, und der Ernst wurde wertvoller. Am schönsten aber waren doch die Abende, die wir zu zweit beim Schein meiner alten Studierlampe mit den aufgemalten Schwalben verbrachten. Dann erzählte er mir von seinem Elternhaus, einem stillen Pfarrhaus an der Havel, und ich plauderte von Straßburg und vom Elsaß. Wir schmiedeten an unserer Zukunft, oder er las mir mit seiner klangvollen Stimme seine Lieblingsdichter vor oder auch einiges von seinen eigenen Versen.

Wir konnten die Zeit unglaublich kindisch miteinander verschwatzen, weil man stets wußte, daß ein ganzer prächtiger Mensch hinter all dem Unsinn steckte. Wir konnten stundenlang fast ohne ein Wort beisammensein, und es wird stets ein Gradmesser der Herzlichkeit sein, wie lange man schweigsam beieinander sitzen kann, ohne daß es einer von beiden als peinlich empfindet.

Ein solcher Abend war es, als er, während ich arbeitete, unter meinen Büchern und Bildern kramend mit einmal im Durchblättern eines Photoalbums einhielt und überrascht ausrief: »Sieh doch an! Deine Schwester!« Ich blickte auf und wunderte mich, daß er sie erkannt hatte. Ich hatte bisher immer geglaubt, sie sei mir in keinem Zuge ähnlich, so viel feiner und zarter war sie mir immer erschienen. Das Bild zeigte sie als fünfzehnjähriges Mädchen in weißem Kleide, ein paar rosa Nelken im Gürtel.

Nun mußte ich viel von ihr erzählen.

»Wie heißt sie eigentlich?«

»Anna.«

»Wie ist ihr Haar?«

»Nußbraun.«

»Es ist sehr lieblich, wie sie die Zöpfe wie einen Kranz auf dem Köpfchen trägt.«

So redeten wir eine lange Weile. Mit einmal rief er lebhaft aus: »Du, Paul, sie muß zur Kirchweih kommen! Das wird ihr gefallen.«

Die Kirchweih ist ein eigenartiges und schönes Sommerfest unserer Burschenschaft.

»Das wird Mutter kaum dulden,« erwiderte ich, »sie ist ja kaum sechzehn Jahre.«

»Ach, das wirst du schon durchsetzen können!« –

Und ich setzte es durch. Nie war ein Fest schöner als diese Kirchweih.

Deutlich entsinne ich mich noch des letzten Abends in Frankendorf.

Zuletzt tanzten wir im Mondschein auf dem kurz geschorenen Grasboden des Gartens eine übermütige Française. Meiner Partnerin und mir gegenüber tanzten Werner und Anna. Und Annas Gesicht strahlte vor innerer Freude, und wir waren alle glücklich wie Kinder.

In den weiten Laubengängen des Gartens, in den Zweigen der alten Linden und Obstbäume flammten die bunten Papierlampions auf. Es war ein lauer Sommerabend, und der weite Garten war ein ewig wechselndes Auf- und Niederwogen von Farben und Leben und Bewegung. Die hellen Sommerkleider der Damen schimmerten zwischen den bunten Studentenmützen und den Uniformen der Offiziere, und zuletzt stieg der Mond weiß und voll und schimmernd über den dunkelschattenden Wäldern des Rathsbergs empor.

Erst gegen Mitternacht war des Treibens ein Ende. Der Zug entführte unerbittlich die Mehrzahl der Damen und Gäste. Einige wenige Familien gingen mit Lampionfackeln durch die mondhellen Wälder des Rathsbergs nach Erlangen zurück. Wir schlossen uns ihnen auf Werners Bitten an. Am Waldrand hielten wir noch einmal und blickten auf das liebe Dörfchen zurück. Aus der Tiefe klangen die Burschenlieder der zurückgebliebenen Zecher zu uns empor, die Lampions leuchteten schimmernd herauf, und über allem stand schön und leuchtend der klare Mond. –

Die Nacht schlief Werner, der sein Bett einem Gaste abgetreten hatte, auf meinem Zimmer. Wir lagen noch lange plaudernd wach. Dann mußte ich wohl zuerst in Schlaf gefallen sein, denn ich erwachte mit einmal wieder, als Werner auf meinem Bettrand saß und mich am Arm rührte.

»Schläfst du schon?«

»Nein. Was gibt's denn noch?«

»Mir ist mit einmal etwas eingefallen.«

»Und?«

»Du, Paul, in ein paar Semestern komme ich nach Straßburg, wenn du mich brauchen kannst.«

Ich richtete mich auf und lachte. »Meinetwegen, Werner?«

»Euretwegen. Deinetwegen, deiner Mutter und deiner Schwester wegen; ich glaube, das wird eine prächtige Zeit.«

Ich mußte wohl ein etwas dummes Gesicht gemacht haben, denn er lachte laut und herzlich.

»Das hat gute Weile«, gab ich nachdenklich zurück. Ich hatte, ehe ich daheim in Straßburg Examen zu machen gedachte, noch zwei Berliner Semester geplant.

»Na, dann können wir wohl erst noch ein Weilchen schlafen,« lachte er, stand auf und ging in sein Bett.

Ich aber lag noch lange wach, und die Zukunft füllte sich mir mit Möglichkeiten, an die ich bisher nicht im Traum gedacht hatte, und die mir sonderbar und fern und doch seltsam lebendig erschienen. Als ich andern Morgens erwachte, war mir, als habe ich die ganze Nacht Française getanzt, Werner und Anna mir immer gegenüber, sie kamen auf mich zu und entfernten sich, verneigten sich und lachten mir ins Gesicht.

Gegen Mittag brachten wir meine Mutter und Anna wieder zur Bahn. Deutlich entsinne ich mich noch des Abschiedes. Meine Mutter drückte mir herzlich die Hand und sagte: »Dein Freund ist ein lieber, prächtiger Kerl.« Und Annas Augen leuchteten. Und ich hatte ein so kindlich frohes Gefühl, als habe ich ein Examen mit Glanz und Auszeichnung bestanden. –

Bald darauf schlug auch für mich die Scheidestunde von Erlangen. Das Semester klang aus. –

Unerwartet rief mich einige Monate später ein dringendes Telegramm von Berlin nach Erlangen zurück. Werner war gefährlich erkrankt.

Auf einer Schneewanderung durch die Fränkische Schweiz, die er mit einigen Bundesbrüdern unternahm, hatte er sich eine heftige Erkältung zugezogen. Er kam krank nach Erlangen zurück und lag bald in heftigstem Fieber. Der zugezogene Arzt stellte eine schwere Lungenentzündung fest und ordnete die sofortige Überführung in die Universitätsklinik an. Die Krankheit nahm rasch eine kritische Wendung und ließ wenig Hoffnung auf Genesung.

Werner selbst hatte gebeten, mich telegraphisch zu rufen, während man seinen Vater erst im Falle der äußersten Gefahr verständigen sollte. Als das endlich, kurz vor der Krise, geschah, war es zu spät. So kam es, daß ich allein in seinen letzten lichten Momenten an seinem Lager war.

»Grüß Gott, Werner,« sagte ich so ruhig ich konnte, und ich wundere mich noch heute, daß ich überhaupt ein Wort über die Lippen zu zwingen vermochte.

Er lag blaß und mager in seinem Bett, und das blaue Geäder seiner weißen, etwas gewölbten Schläfen trat deutlicher als sonst hervor.

Er umkrampfte heftig meine Hand, und die Tränen sprangen ihm in die Augen. Er vermochte nicht zu reden.

Der Arzt bemerkte seine Erregung und trat dazwischen, aber als er Werners flehend auf ihn gerichteten Blick sah, zog er sich leise zurück.

Ich zog mir einen Stuhl an sein Lager, und wir waren minutenlang schweigend beisammen.

Dann fing er zu sprechen an. »Vater wird nicht mehr kommen ...« Er flüsterte nur, und ich weiß, er tat es weniger wegen der Schmerzen, als um mir die Qual zu ersparen, die mir sein röchelndes Sprechen bereitet hätte.

»Ich glaube doch, Werner, aber du darfst nicht ...« Da schüttelte er leise den Kopf und streichelte zugleich meine Hand, als wolle er mir's abbitten.

Nach einer Weile fing er wieder an. »Es tut nichts, Paul. Du bist bei mir. Du wirst ihn grüßen. Es tut nichts ... Du, weißt du, zuletzt, zuletzt könnte ich doch nur eine Hand umklammern ... und es ist mir lieb, daß es deine ist, Paul... Du wirst doch bei mir sein, ganz zuletzt ...?«

Da war es mit meiner Haltung vorbei, ich sank vor seinem Lager in die Knie, und die Tränen liefen mir über die Backen. Der Arzt trat leise näher und gab mir ein Zeichen. Es war, als ob Werner es bemerkt hätte. Er rückte seinen Kopf noch näher an den Rand der Kissen und flüsterte. »Weißt du, Lieber, was mich aufrecht hält? Das ist ein so seltsames Gefühl ... Die Furcht, mich selbst zu verlassen, ist so klein, neben dem Herzeleid, von dir zu gehen. Ich kann nicht klein werden dabei ...«

Das waren seine letzten Worte, die ich an jenem Tag von ihm hörte. Ich küßte ihn noch einmal unter Tränen. Dann ging ich aus dem Zimmer.

In der Nacht kam die Krisis. Ich wartete im Zimmer eines Assistenzarztes, ob man mich rufen werde. Ich glaubte damals, das sei meine schwerste Nacht, und es könne nichts Furchtbareres geben.

Und ich blieb allein. Werners Vater traf infolge einer unregelmäßigen Zugverbindung erst gegen Morgen ein.

Gegen Mitternacht trat der behandelnde Arzt in mein Zimmer. »Legen Sie sich zu Bett. Die Krisis ist überstanden. Aber es ist wie ein Wunder.«

Ich habe die Nacht nicht geschlafen. Ich bin in den verschneiten Wäldern umhergelaufen und habe mich gebärdet wie ein Verrückter.

Seitdem war mir Werner mehr als ein leiblicher Bruder. –

Und nun plötzlich lag der Fetzen Papier auf meinem Tische: »Es lebe das Sommersemester in Straßburg! Werner« ...

*

Andern Tags brachte ich ihn in unser Haus.

Er hatte sich äußerlich etwas verändert. Trotz der schlanken Gestalt und der weichen Züge wirkte er männlicher und reifer. Aber sein Wesen war unverändert. Sein Ernst, sein Frohsinn und seine Heiterkeit waren sich gleich geblieben, seine Interessen vielleicht noch vielseitiger und tiefer geworden.

Einen Hauptreiz seines Wesens hatte für mich immer ein überaus sympathischer Schimmer natürlicher Kindheit ausgemacht, und, obwohl ich es aus seinen Briefen wußte, empfand ich eine tiefe Freude, als ich diesen Zug unverändert an ihm bemerkte. Das war, als ich ihn zum erstenmal in mein Arbeitszimmer führte und er dort unsre alte Erlanger Studierlampe wiederfand.

Er begrüßte die gemalten Schwalben mit einer stürmischen Herzlichkeit als alte Bekannte. Dann schloß er, obgleich es hellichter Tag war, die Fensterläden, verdunkelte das Zimmer mit den Vorhängen und entzündete die alte Lampe: »Sie leben noch! sie leben wahrhaftig noch!« rief er und warf sich lachend in einen Stuhl. »Paul, Paul, ich glaube, wir sind noch in Erlangen!«

Ich half ihm die Illusion vollständig machen, stopfte zwei zirkelgeschmückte Pfeifen, und als wir sie in Brand gesetzt hatten, zog ich einen Sessel zu dem seinen heran, und wir plauderten wie vor Jahren und hielten uns an den Händen wie Kinder.

Wir schwatzten uns fest, daß wir Ort und Zeit vergaßen. Da klopfte es an der Tür. Werner stutzte, dann rüttelte er mich am Arm, als müsse er mich wecken und rief lachend: »Paul, so wach doch auf! es ist höchste Zeit. Die Kathi weckt zu den Mensuren!«

Aber es war nicht unsere brave Erlanger Magd, die in der Tür stand, sondern meine Schwester, die uns zum Essen rufen wollte und nicht wenig erstaunt war, als sie uns hier in Nacht und Tabakwolken vorfand.

Werner unternahm es, sie mit vielem unsinnigen Schnick-Schnack in die Mysterien dieser Sitzung und die Geheimnisse der Wunderlampe einzuführen, deren unwahrscheinlich blaue Vögel alles lebende Getier an Gaben und Fähigkeiten übertrafen. Er ließ die Schwalben »fliegen« und »singen« und brachte Anna herzlich zum Lachen.

Es gibt keine liebere Art, einen Dritten in den vertraulichen Verkehr zweier Menschen hineinzuziehen, als wenn die zwei sich in des dritten Gegenwart so völlig unbefangen und vertraut geben, als wenn sie unter sich sind.

So ließen wir denn zu dritt auf uns warten, bis meiner Mutter die Geduld riß und sie selbst kam, uns zum Essen zu rufen. Da ließ es Werner wieder Tag werden, und wir setzten uns in heiterster Laune zu Tisch. –

Seitdem war Werner oft bei uns zu Gast, und es war uns allen, als ob er von jeher zur Familie gehörte. –

Und dann kam jene seltsame Zeit für mich, in der ich bemerkte, daß Werner nicht nur meinetwegen kam, und daß Annas Wesen in seiner Gegenwart gesteigerter war. Da erinnerte ich mich an Werners Worte nach der Kirchweih und beobachtete die beiden lieben Menschen still und nachdenklich.

Nun sah ich zum ersten Male, daß Anna ein lieblich erblühtes Mädchen war, und glaubte zu bemerken, daß ihre Art, seit Werner unter uns heimisch war, weicher und frauenhafter geworden war. Ich sah, daß Werner bis tief in die Nacht über den Büchern saß, als sei sein Examen ein Haus, das bis zum Winter unter Dach und Fach sein müsse. Und ich wunderte mich, daß ich ihre offenkundige Neigung zueinander nicht schon seit Wochen erkannt hatte.

Eines Abends saß ich arbeitend in meinem Zimmer, als Werner mich aufsuchte. Er redete lauter Unsinn, drehte unaufhörlich den Lampenschirm und trommelte den Pariser Einzugsmarsch an den Fensterscheiben. Aber er war nicht wie sonst bei der Sache und war trotz all des Geschwätzes so herzlich und freudig erregt, daß ich merkte, wie ihn etwas tiefinnerlich bewegte.

Dann saß er lange still und nachdenklich auf dem Sopha, zog mich endlich zu sich und erzählte mir, was ich seit langem wußte.

In klaren und guten Worten sprach er von seiner Liebe zu Anna, und ich war bewegt wie er. Aber als ich sagte, daß ich ihre Neigung seit langem geahnt, schloß er mir lächelnd den Mund. »Eines weißt du doch noch nicht!«

Ich blickte auf.

»Paul, sie ist seit heute meine Braut.« Er war aufgesprungen und hielt meine Rechte in beiden Händen. »Ich habe mir's ausbedungen, daß ich dir's sagen darf, Paul, und wir haben uns rechtschaffen darum gezankt.« ...

Die Zeit, die nun folgte, war die schönste unseres Lebens.

Es war ein scherzhaftes Symbol, daß Werner am anderen Tage unsere gemeinsame Studierlampe feierlich aus meinem Arbeitszimmer holte und auf den Familientisch setzte. »Damit sich die Schwalben an die veränderten Umstände gewöhnen«, lachte er.

Und wie früher zwei, so saßen jetzt vier Menschen in ihrem Scheine beieinander, fühlten sich eins und freuten sich ihres herzlichen Beisammenseins.

Dieses Beieinandersein war zu schön, um dauern zu können, aber ich weiß, daß jene Zeit die Schönheit des Lebens in ihrer Vollkommenheit war.

Die schöne Zeit nahm ein jähes Ende.

Eines Tages badete ich mit Werner im offenen Rhein. Werner schwamm trotz meiner Warnung zu weit hinaus und ließ sich von der Strömung stromab reißen. Es kostete ihn schließlich harte Anstrengung, ans Ufer zurückzukommen, und er taumelte vor Ermattung, als er endlich den Fuß ans Land setzte. Am Abend fieberte er, und in der Nacht schickte seine Wirtin nach einem Arzt. Als ich ihn andern Tags besuchte, lag er an einer schweren Lungenentzündung darnieder, und der Arzt machte ein bedenkliches Gesicht, als ich ihm von Werners schwerem Krankenlager in Erlangen erzählte.

Die schwersten Stunden von damals kehrten wieder, nur daß wir jetzt zu dritt um das Liebste bangten, was wir auf Erden hatten.

Aber Werners leidenschaftliches Begehren nach dem Leben war stärker als die Krankheit. Er genas noch einmal. Aber der Genesene, der nach Wochen zum erstenmal sein Bett verlassen durfte, war nur wie ein Schatten des früheren Menschen, und der Arzt drang darauf, daß er den Winter im Süden verbrächte.

Es war ein trauriger Abschied, über dessen Schwere wir uns vergeblich mit gezwungenem Scherze und Plaudern hinwegzutäuschen suchten.

Der Examenstermin war verfallen, und über das, was die Zukunft bringen sollte, stritten sich Hoffnung und bange Angst.

So ging er von uns. – – –

*

Der Winter strich träge hin, und die lange Zeit war für uns drei, die wir zurückbleiben mußten, nichts als ein immer erneutes Warten auf Werners Briefe.

Er schrieb viel. Zuerst an uns drei gemeinsam, später bald an Anna und bald an mich, obwohl er wußte, daß uns jede Silbe von ihm ein gemeinsamer Besitz war. Und diese späteren Briefe waren natürlicher als die früheren, die oft ein farbloses und erkünsteltes Spiel mit Hoffnungen waren, an die er selbst nicht zu glauben schien.

Ich erschrak, als ich zum erstenmal einen Brief durchlesen hatte, der nur an meine Adresse gerichtet war. Ich hatte das Gefühl, als säße Werner mir mit unruhig flackernden Augen gegenüber und spräche in nervöser Hast auf mich ein. Deutlich sah ich ihn vor mir sitzen, aber in seinem Gesichte war ein fremder Zug, der über die Heiterkeit seiner Seele gesiegt hatte. Aus den abgebrochenen, halben Sätzen, aus manchem zusammenhanglos hingeworfenen Wort und mehr noch aus dem, was er nicht schrieb, klang eine immer gesteigerte Unruhe und Ungewißheit über sich selbst.

Dazwischen kamen wieder Briefe, die an uns drei gerichtet waren, sorgfältig gefeilte Sätze, deren Schilderungen von Land und Leuten sich glatt wie stilisierte Feuilletons herunterlasen.

Auch in seine Briefe an Anna kam ein fremder Ton, eine verhüllte Leidenschaftlichkeit, die seiner natürlichen Zartheit widersprach und uns erschreckte.

Meine arme Schwester weinte viel, und wir saßen oft zagend und hoffend beisammen und prüften jede Zeile und jedes seiner Worte mit der Sonde sorgender und verstehender Liebe. Inniger als je fühlten wir Geschwister unsere Zusammengehörigkeit.

Mit der Zeit wurden seine Briefe spärlicher und kürzer, zuletzt warteten wir wohl vierzehn Tage vergeblich auf ein Lebenszeichen. Das war die Zeit, in der über Werners Schicksal die Würfel fielen. Aber damals wußten wir nichts davon.

Jetzt weiß ich, daß er in jenen Tagen einen deutschen Arzt konsultierte und mit leidenschaftlicher Entschiedenheit auf Klarheit drang, die ihm die Ärzte des italienischen Sanatoriums nicht gaben.

Und als er Gewißheit hatte, kam er zu mir.

Es war eines Abends, als ich mit Mutter und Anna aus einem Vortrage heimkehrte. Ich stieg ahnungslos die Treppe hinauf, die zu meinem Zimmer führte, und öffnete die Tür.

Da bot sich mir ein Anblick, vor dem ich zurückprallte.

Werner saß schlafend mit zur Seite gesunkenem Kopf in einem der Sessel am Tisch. Er war unangemeldet mitten im Januar zurückgekommen, und als er mich nicht zu Hause traf, hatte er dort oben auf mich gewartet. So hatte ihn der Schlaf überrascht. Es war fast Mitternacht, und die unbewachte Lampe schwelte und war fast niedergebrannt. Das ganze Zimmer war mit Ruß erfüllt, der einem fast den Atem benahm und alle Gegenstände dicht mit schwarzen

Flöckchen bedeckt hatte. Werners Gesicht und Hände waren schwarz davon, und als er bei meinem Eintritt aus dem Schlummer schrak und aufsprang, fuhr ich zurück, als mich seine fieberheißen Augen aus dem entstellten Antlitz wie eine Vision anstierten.

Im selben Augenblick mußte Werner seinen Zustand bemerkt haben. Denn ehe ich noch Atem gefunden hatte, trat er vor einen Wandspiegel und lachte laut und häßlich über sich selbst.

»Werner«, schrie ich in tödlichem Schrecken, »Werner, um Gotteswillen, was tust du hier und was treibst du!?«

Als ich ihn am Arm packte, ließ er sich schlaff in seinen Sessel fallen, barg den Kopf zwischen beiden Händen und schluchzte herzbrechend.

Ich habe keine Ahnung mehr von dem, womit ich in meiner hilflosen Angst auf ihn einsprach, aber mit einmal warf er den Kopf auf und preßte meine Hände schmerzhaft zusammen, als wolle er alle meine Fragen und Zureden und Schelten ersticken.

»Es ist Unsinn, Paul, es ist ja alles Unsinn!« rief er fast schreiend, »ich bin ja nur hierhergekommen, um dir zu sagen, daß das alles Unsinn ist! Das hier« – er schlug mit der flachen Hand auf die Brust – »ist Schwindsucht.«

Sein Aufschrei traf mich wie ein Keulenschlag, und ich starrte in wortloser Betäubung vor mich hin, während er tieferschüttert an meinem Halse hing.

Endlich raffte ich mich zusammen und sprach ihm zu. »Werner, wir müssen miteinander reden. Hier können wir's nicht, Werner. Wir wollen die Nacht in ein Hotel. Das kann ja alles nicht sein.«

Er ließ sich leiten wie ein Kind. Ich half ihm, so gut es ging, sich von dem Ruß zu reinigen, und schlich leise mit ihm die Treppe hinunter. In einem Hotelzimmer saßen wir beisammen, bis der Morgen heraufdämmerte, und ich erfuhr das Wenige, was er zu sagen wußte, und wogegen es keinen Trost gab.

Er warf sich endlich erschöpft auf sein Bett und tat, als ob er schliefe. Aber ich merkte, daß er nur nach Fassung rang. Als er sich in der Gewalt zu haben glaubte, trat er ans Fenster und sprach, nur halb mir zugewendet, auf mich ein. »Ich weiß, ich bin schwächlich und feig heute, Paul. Das mußt du mir verzeihen. Ich bin nur hierhergekommen, um euch Klarheit zu geben, dir und Anna, und um mit Unmöglichem ein Ende zu machen. Ich dachte, ich würde mich beherrschen können. Aber die Spannung der letzten Stunden war zu groß, ich bin unterlegen. Ich fühle jetzt auch deutlich, ich kann Anna nicht gegenübertreten. Ich habe nicht die Kraft dazu, und ich mag nicht so vor ihr stehen, wie du mich gesehen hast. Vor dir schäme ich mich nicht. Tu mir die Liebe und sage ihr, was zu sagen ist, und gib ihr den Ring wieder. Ich reise noch heute wieder ab und will sehen, ob ich zu schreiben vermag.«

Ich fühlte, daß er mit Anspannung aller Kräfte sprach, und wagte ihn nicht zu unterbrechen. Nun hatte er geendet und starrte mit seltsam leeren Augen in den erwachenden Tag und auf den schlanken Turm des Münsters, dessen rötlicher Stein in der Morgensonne festlich wie Brautseide schimmerte.

Da trat ich an ihn heran und legte den Arm um seine Schulter. »Mit Anna will ich reden. Wir aber, Werner, wir bleiben jetzt beisammen. Sieh', *eine* Stimme ist noch lange keine Gewißheit und ...«

Da wehrte er ab und zwang mich zum Schweigen. »Geh jetzt, Paul, geh! es ist besser. Ich muß allein sein. Ich verspreche dir, ich fahre nicht ohne Abschied. Komm heut' nachmittag wieder zu mir und sprich mit mir von Ännchen und wie sie es aufgenommen hat. Ich bin todmüde und will versuchen zu schlafen.«

Da ging ich von ihm. Durch die Straßen und Gassen rannte ich kreuz und quer, ohne zu wissen wie lange, bis ich gefaßt genug zu sein glaubte, vor meine Schwester zu treten.

Wie Anna es aufnahm, war bewundernswert. Sie ließ mich ausreden, und als ich zu Ende war, erhob sie sich leise und ging aus dem Zimmer. Wir ließen sie ein Stündchen mit sich allein. Dann ging Mutter ihr nach.

Aber sie fand Anna nicht als haltlos weinendes Kind, sondern als einen starken und guten Menschen, der sich zu einem unabänderlichen Entschluß durchgerungen hatte. Meine Mutter mußte ihr den Willen lassen, ob ihr gleich das Herz voll von Sorge und bittrer Angst um ihren Liebling war. Aber wir wußten, daß Anna in all der Zeit auf jener gläsernen Brücke wandelte, die uns ebensowohl in den heitern Garten der Menschheit zurück wie an den armen Strand eines verdämmernden oder nachtgewordenen Lebens führen kann. Wir wußten, daß für sie einer jener Augenblicke gekommen war, in denen wir die Flut des Lebens, die sonst tief unter unsern Füßen in versteckten Kanälen fließt, auf einmal wie durch durchsichtiges Glas giftschäumend unter unseren Sohlen dahinziehen sehen. Wohl dem, der in solchen Stunden ein starkes Wollen in festen, lebenswarmen Händen trägt wie ein Palladium! Wer daran rührt, und täte er es in zagender, sorgender Liebe, vergeht sich mit tempelschänderischer Hand an dem unverstandenen Sakrament des Lebens.

Als ich Werner am Nachmittag aufsuchte, ging meine Schwester mit mir und brachte ihm den Ring wieder, den er ihr am Morgen zurückgeschickt hatte.

Gefaßt und heiter, ohne viele Worte über das zu machen, was ihr als selbstverständlich erschien, trat sie vor ihn hin. »Es wird alles wieder gut. Liebster! Wir lassen nicht voneinander und wollen den Glauben nicht verlieren.«

»Ja, ja!« schrie er fast, ergriff den Ring und bedeckte Annas Hände mit seinen Tränen.

Da sah ich erst, mit welch leidenschaftlicher Glut er sie liebte, und ich empfand eine tiefe Angst.

Noch am selben Tage fuhr er wieder nach Süden. Er litt nicht, daß ich ihn begleitete.

Wenige Tage später erhielt ich einen Brief von ihm. »Was magst Du von mir denken, Paul, daß ich ihr Opfer widerspruchslos annahm! Denke nicht schlecht darum von mir! Es ist ja nur auf kurze Zeit, viel kürzer vielleicht als Du denkst.«

Sonst hörten wir wenig von ihm. Bisweilen eine Karte, ein kurzer Gruß, das war alles. So ging der Winter zu Ende.–

Ich hatte mein Examen hinter mir und plante ein Zusammensein mit Werner auf unbestimmte Zeit. Da meldete uns ein Brief seine Rückkehr. »Die Straßburger Zeitungen schreiben von Frühling. Ich will ihn ein paar Tage mit Euch genießen. Mein Arzt hat es mir erlaubt.« – Wir wußten, daß er uns täuschte.

Vom ersten Tage unseres neuen Beisammenseins merkte ich deutlich, daß Werner sich selbst sein Kommen nicht vergab. Er empfand seine Schwachheit gegen sich selbst als eine Schmach und als Schuld gegen Anna, aber er hatte nicht die Kraft, von uns und von ihr zu lassen. Vielleicht – und ich glaubte das schon damals – trug er sich auch mit einem letzten Entschluß, dessen stets greifbar nahe Ausführbarkeit seine Schwachheit mit eins beenden konnte. Ja, ich bin überzeugt, daß er jedes Beisammensein als einen Abschied empfand und nicht merkte, wie die Tage sich zu einer qualvollen Kette zusammenschlössen.

Er war überaus weich und sensibel geworden. »Schlapp und weibisch« schalt er sich selbst, wenn er mit mir allein war.

Wenn er bei uns im Hause war, saß er meist still in einer Ecke und hörte Anna musizieren. Ich sah, daß er manchmal jäh aufblickte und sie mit den Augen verschlang. Oft stahl er sich heimlich aus dem Zimmer und lief uns davon.

Einmal ging ich ihm nach und fand ihn auf seinem Zimmer. Er war wild und beinahe brutal. »Ich bin ein Lump, daß ich kein Ende mache! ein Lump bin ich, so habe ich sie lieb!« Er versank in ein finsteres Brüten. Plötzlich fuhr er auf: »Mach, daß du fortkommst, ich kann niemand brauchen!« Es war das erstemal, daß er sich mir gegenüber gehen ließ, und ich war erschrocken über seinen Ton.

Als ich trotzdem blieb, duldete er es schweigend. Dann wurde er weich und bat mir ab. »Du weißt nicht, wie das ist, Paul. Ich habe ein allzu kampfloses Leben gehabt. Alles, was ich wollte, war mein. Und nun, wo ich zum erstenmal leidenschaftlich begehre, schlägt mir das Schicksal in den Nacken.«

Seitdem kam es öfter vor, daß er sich mir gegenüber gehen ließ, und ich litt unter seinem ungleichen Wesen, nicht um meinetwillen, sondern weil ich hilflos mit ansehen mußte, wie die schöne Harmonie seiner Seele sich in immer grellere Dissonanzen auflöste. Bald gab er sich resigniert, bald bäumte er sich auf in leidenschaftlichem Begehren, bald quälte er sich mit einem spöttischen Sarkasmus, an den er selbst nicht glaubte.

Die arme Anna litt wohl am bittersten in dieser Zeit, obwohl er sich in ihrer Gegenwart aufs äußerste zusammennahm. Aber dann kamen unbewachte Momente, die blitzartig sein von unfruchtbaren Leidenschaften zerwühltes Innere erhellten.

So blieb er einmal, als wir zu dritt in der Stadt Einkäufe machten, vor einer Kunsthandlung in der Meisengasse stehen und blickte starr auf die Statuette des Marathonläufers, der den Siegeskranz in Händen am Ziel zusammenbrechen will. Er riß mich am Arm: »Siehst du, so am Ziel, im Vollbesitz ... oder wie damals in Erlangen – ja das ist leicht! Aber so voller Drang, mitten im Wollen, im heißesten Begehren ...«

Er hatte Annas Gegenwart vergessen und brach ab, als er mit einmal ihr blaßgewordenes Gesicht vor sich sah. Noch als ich ihn am Nachmittage aufsuchte, war er tief beschämt und quälte sich bitterer mit Vorwürfen, als er es verdiente. »Das ist ja der Fluch meines Hierbleibens und meiner Feigheit: ich bin zwiespältig, ich laufe mit zwei Gesichtern herum, und gerade weil ich mich an eine Maske gewöhnt habe, lasse ich mich unter der Larve gehen und mein wahres Gesicht wird doppelt verzerrt ...« Ein andermal packte er, aus brütendem Schweigen plötzlich auffahrend, meinen Arm und warf in leidenschaftlichen Sätzen hin: »Heut' hab' ich beim Gang durch die Stadt eine Frau gesehen, der man einen Kindersarg aus dem Hause trug. Und die Frau schluchzte mit ganzem Leibe. Mir aber kam plötzlich der Gedanke: die Frau lacht ja nach einem Jahr schon wieder. Und ich sah sie lachen, die beiden Gesichter deckten sich wie Larven übereinander, wie eine Blasphemie, wie ein Hohn auf alles Menschliche – ich kann dir nicht sagen, wie mich das verstört hat...«

Ich wußte, er hatte keine solche Frau gesehen. Er dachte an Anna. Er hing mit allen Fasern am Leben, und seine Liebe litt darunter und wurde mehr und mehr zur Leidenschaft.

In jenen Tagen muß er die Verse aufs Papier geworfen haben, die ich später auf einem zerknitterten Zettel in seiner Rocktasche fand:

> »Das ist's, was mich in Dich vernarrt,
> Dein Lachen lockt überland!
> Mein Scherz ist falsch, mein Lachen hart,
> Armselig erlogener Tand!

Dein Lachen ist ein Bergwaldquell,
In den die Sonne blickt,
Und jede Welle rein und hell
Erheitert und erquickt.

Die Träume brannten mir im Hirn,
Ich tauchte sie in den Quell
Wie linnenes Tuch und preßt's auf die Stirn
Und lachte wieder hell.

Und nun, und nun, die Stirn brennt heiß,
Die Augen stier und groß,
Die Tücher dampfen Fieberschweiß,
Ich reiße sie nimmer los!

Ich schrei nach Dir mein herziges Kind,
Wie ein müdegehetztes Tier,
Und ob wir gleich beisammen sind,
Ich sehne mich doch nach Dir ...«

Ein andermal höhnte er, als wir allein waren: »Ah, ein Bräutigam!
ein Bräutigam! Gibt es etwas ...« Als ich ihm beschwörend den
Mund schloß, sank er in sich zusammen, und es sah sich an, als ob
er sich unter seinen Selbstvorwürfen ducke wie ein Hund unter der
Peitsche. Nach einer Weile fing er stockend wieder an: »Paul, wenn
es drüben eine Hölle gäbe, es müßte die sein, daß man sein eigenes
Leben, alle Tage, alle Nächte und alle Gedanken, die man gehabt
hat, noch einmal leben müßte, aber offen, offen vor den Augen aller,
denen man sich versteckt hat – ah, das wäre ein Theater ...!« Er ver-
grub seinen Kopf in den Händen.

Ich weiß jetzt, er liebte damals mit einer Leidenschaft, die schlecht
war. Manchmal war es, als gönne er sie dem Leben nicht. Und es
erbarmt mich, wenn ich daran zurückdenke.

Ich will nicht alle Einzelheiten jener schweren Zeit heraufbe-
schwören. Es mehrten sich die Augenblicke, in denen er sich auch
Anna gegenüber gehen ließ, und er führte ein zerrissenes Leben
zwischen Reue und Schwäche.

Und dann kam jener schreckhafte Augenblick, da ich beim Eintritt in unser Wohnzimmer sah, wie er mit halbaufgehobenen Armen vor Anna stand, als wolle er sie an sich reißen und küssen. Aber noch ehe er mich bemerkt hatte, ließ er die Arme schlaff sinken, die flackernden Augen erloschen, und er lief wie gejagt davon.

Meine Schwester schluchzte, und ich empfand, wie tief er sie verwundet hatte, und zürnte ihm.

Noch am Abend brachte mir ein Brief seinen unwiderruflichen Entschluß, mit dem Unhaltbaren ein Ende zu machen. »Es muß sein. Tu mir die Liebe und sag' Du's ihr und bitte ihr ab für mich. Du kannst nicht wollen, daß ich sie liebe, ich, der ich nichts mehr bin als ein räudiges Tier ...«

Ich wollte zu ihm, aber er hatte seine Wohnung gewechselt, und ich brauchte einige Tage, ehe ich ihn fand.

Wollte Gott, ich hätte ihn um einen Tag früher getroffen! Denn nie werde ich darüber hinwegkommen, wie ich ihn fand.

Er saß in einer elenden Vorstadtkammer auf seiner Bettstatt. Der Boden war mit tausend Papierfetzen bedeckt, in die er seine Examensarbeiten, seine Briefe und Verse zerrissen hatte. Sein Gesicht war fahler als sonst und er zerschnitt mit einer Schere, was ihm unter die Finger kam.

Ich starrte ihn wortlos und tieferschrocken an. Als er mich erblickte, erhob er sich und fing mit quälend tonloser Stimme zu reden an, ohne mich anzusehen. Er wolle abreisen, er habe gehofft, ich möchte ihn nicht finden, er fahre noch diesen Abend. Alles in müden schleppenden Sätzen gesprochen.

Nur als ich mit Entschiedenheit in ihn drang, meine Begleitung anzunehmen, wurde er leidenschaftlich erregt. Er wolle mir schreiben, ich solle nachkommen, wenn ich nicht anders könne, nur jetzt müsse er allein sein ... So ging ich von ihm, fassungsloser als er selber, und die Tränen würgten mir in der Kehle.

Auf der Fahrt nach dem Süden erschoß sich Werner. Nur einen kleinen Zettel in versiegeltem Umschlag ließ er für mich zurück. Darauf stand: »Lieber, vergiß das, was sie heute begraben haben. Der Werner, der Dein war, ist ja schon so lange tot. Verzeih' mir,

wenn ich sein Andenken geschändet habe und halte Du es rein. Ich
konnte es nicht mehr. Verzeih' mir, Lieber, und hilf, daß auch sie
mir verzeihen kann. Werner.«

Die Spur im Schnee

Wenn ich nicht wüßte, daß ich vor wenigen Tagen auf natürlichem Wege mit Pferd und Schlitten hier einpassiert bin, so würde ich es für unmöglich halten, daß jemand von außen in die Einsamkeit des tiefverschneiten Winkels gelangen könnte. Man weiß hier nichts mehr von Himmel und Erde. Das unablässige Flockengeriesel sperrt jede Aussicht. Das Tal ist so tief und verlassen, daß schon die schneebelasteten Wipfel des Fichtenwaldes auf den Höhen ringsum unerreichbar und unsichtbar in dem schweren, dämmergrauen Rauch verschwinden, der wie eine ewige drückende Nacht mählich vom Himmel auf Berg und Tal herniedersank. Und solange sie währt, bin ich ein Gefangener dieses verträumten Thüringer Walddörfchens, aus dem kein erkennbarer Weg mehr hinausführt, auf dessen weichem Schneefeld weit im Umkreis keine andere Spur als etwa der baldverwehte Eindruck eines Vogelfußes zu sehen ist. Ich frage mich manchmal, ob die Raben, die ich zuweilen von meinem Fenster aus wie tote, schwarze Klumpen im weißen Schnee liegen sehe, noch jemals mit verdrießlichem Krächzen vor dem langvergessenen Klang heller Schlittenglöckchen entfliehen werden.

Ein einsames Hausen zu zweit, dessen Ende niemand absehen kann, ist aus dem geplanten kurzen Besuch bei meinem alten Schulfreunde, dem Pfarrherrn, geworden. Ein Hausen zu zweit, obwohl noch ein dritter Bewohner im Hause sein Wesen treibt, ein Mensch, der mir bisweilen vorkommt wie die Seele dieser schwermütigen und unergründlichen Stille, von der ich bisweilen glaube, daß er uns verläßt und in nichts verschwindet, wenn der drückende Alp dieser dämmernden Tage weicht.

Es ist ein blasser, langaufgeschossener Knabe von vierzehn Jahren. Und wenn ich an ihn denke und mir ihn vorstellen will, merke ich, daß ich mir eigentlich nichts in Erinnerung rufe als ein paar graue Augen von gewöhnlicher Größe und gewöhnlicher Farbe, an denen nichts auffallend ist als ihre tiefe, hoffnungslose Traurigkeit. Eben tönt vom Kirchplatz herauf das Johlen und Kreischen der Bauernjungen, die sich mit Besen und Schippen soviel Raum geschafft haben, als zu ihren Schneeballschlachten und Raufereien nötig ist; und ohne auf den Platz hinauszutreten und nach den obersten Fenstern des Pfarrhauses hinaufzuschauen, weiß ich, daß sich jetzt dort oben ein blasses Kindergesicht an die Scheiben drückt. Unter der Stirn, die durch den leichten Druck noch etwas weißer wird, blicken jene müden, hoffnungslosen Kinderaugen wie auf etwas Unverstandenes oder Unsichtbares, ich weiß nicht auf was.

Es ist immer wieder dasselbe traurige Bild, Tag für Tag, und ist fast etwas Alltägliches geworden, etwas so Alltägliches, daß schon nicht mehr einer den andern anstößt, wenn sein Blick zufällig hinauffliegt und die seltsam unlebendige Gestalt streift.

Wenn ich vorhin gesagt habe, daß ich in diese Einsamkeit gefahren bin, um meinen Freund zu besuchen, so ist das nur halb wahr, ich bin eigentlich um des Kindes willen gekommen, mit dem mich so wenig wie den Pfarrherrn irgend etwas verknüpft außer jenem seltsamen Bande, das auch den Fremden mit einem Unglücklichen und Leidvollen verbindet.

Es war vor zwei Jahren, als ich den Knaben zum ersten Male sah. Oder ich bilde mir wenigstens ein, ihn damals gesehen zu haben. In Wirklichkeit habe ich vielleicht nichts gesehen als einen hochgeschlossenen Schlitten, in den vor einer gaffenden Menge ein in hundert Decken und Hüllen gewickeltes Etwas gehoben wurde. Aber ich habe auch in die Augen der Mutter gesehen, die denen des Kindes gespensterhaft ähnlich waren.

Ich war damals einige Tage im Dorf, um als Gerichtskommissar ein Verbrechen zu untersuchen, das das allgemeinste Aufsehen erregt hatte. Es gab nur noch wenig aufzuklären, aber diese wenigen noch unbekannten Umstände erschütterten mich mehr als die Tat selbst, die bereits auf allen Bierbänken breitgetreten wurde.

Ich weiß es noch, als wäre es heute gewesen, wie ich hier vor dem Pfarrhaus meinem Schlitten entstieg und mir die Dorfgasse hinab mühsam einen Weg durch die Gaffer bahnte, bis dorthin, wo die Gendarmen die Dorfstraße absperrten. Es war wenig genug zu sehen. Von der Steintreppe eines kleinen Bauernhäuschens liefen zu der Schwelle einer baufälligen Hütte auf der andern Seite der Straße zahllose Fußspuren über den Schnee, der schon gefroren war und vor Kälte glitzerte. Und auch die Fußspuren waren eingefroren und schienen nicht mehr verweht werden zu können. Als ich mich darüberbeugte, sah ich, daß es immer wieder dieselben Füße waren, die scheinbar ruhelos oder spielend zwischen den beiden Häusern in zahlloser Menge hin und wider liefen. Es war deutlich immer dieselbe Spur eines schmalen, nackten Kinderfußes. Und dieser hundertfältige Abdruck des Knabenfußes im Schnee der Dorfstraße sollte die Spur des Verbrechens sein, das ich aufklären sollte. Ich erinnere mich noch deutlich, wie mir unwillkürlich das Herz klopfte, als der mich begleitende Gendarm mir das zuflüsterte.

Und auch das weiß ich noch wie heute, wie plötzlich aus der mir von den Gendarmen freigegebenen Hütte ein unsinnig verzweifeltes Weib herausstürzte und, ohne auf die Gaffer zu achten, mitten auf der Straße stand und zu Boden stierte, bis sie sich schließlich niederwarf und den Abdruck des kleinen unbeschuhten Kinderfußes mit unablässigen Küssen bedeckte.

Erst am andern Tage konnte ich aus der Verzweifelten etwas herausbringen, wenig genug, aber doch hinreichend, um mich im Tiefsten zu erschüttern.

Aber ich will dieses wenige geordnet erzählen. –

Es gab seit drei Tagen keine Hütte im Dorf, in der nicht von dem gewaltsamen Tode des Forstläufers Anton gesprochen wurde. Es war kein Zweifel, daß er von einem Wilderer erschossen war, aber von dem Täter selbst fehlte jede Spur, und die vielen Vermutungen taten das ihrige, die allgemeine Verwirrung und Beängstigung zu vermehren. In dem ärmeren Teil des Dorfes, wo zumeist Holzfäller und Tagelöhner hausten, gab es wohl keine Hütte, an die sich der Verdacht nicht heranwagte. Daß dort soviel Wilddiebe wie Mannspersonen wohnten, wußte jedermann, und niemand hatte bisher etwas Besonderes dabei gefunden. Das war so gewesen seit jeher.

Zwei Tage lang war die Untersuchung mit der äußersten Heimlichkeit geführt worden. Als sich jedoch die besondere Spur, die man verfolgt hatte, als trügerisch erwies, entschloß man sich kurzerhand zu einer rücksichtslosen Haussuchung in den verdächtigen Hütten. Das Mittel war in Anbetracht der inzwischen verstrichenen Zeit hoffnungslos genug, aber es konnte wenigstens nicht mehr verderben, als schon verdorben war.

Ich will nicht erzählen von dem verbissenen Spott der Verdächtigten, nicht von dem Gezeter der Weiber und von den Flüchen der Männer. Genug, es wurde trotz aller Erregung und Verwirrung nichts zutage gefördert, das irgendeinen Anhalt gegeben hätte.

Der Tag ging früh zu Ende, und eine tiefe, graue Dämmerung sank über das Dorf. Es muß ein Abend gewesen sein wie der heutige. Der Schnee, der seit einigen Stunden unaufhörlich fiel, kam nicht in einzelnen wirbelnden Flocken oder zitternden Fäden hernieder, sondern es war, als ob Wolke auf Wolke schwer und leblos in kaum unterbrochener Folge herniedersänke. Wer im Dorfe geboren war, der wußte, daß man morgen kaum mehr einen Weg aus dem Flecken hinausfinden würde. Der Ort selbst war wie ausgestorben, nur hinter den dichtbeschlagenen Fenstern der beiden Dorfschenken schimmerte ein mattes Licht. Die Weiber sparten zu Haus das Öl und hockten in der Dämmerung in leise schwatzenden Gruppen um warme Kachelöfen und machten sich mit allerhand Vermutungen und alten Geschichten gruslich. Das Dorf hielt unter dem niedergehenden Schnee, der langsam wie in schweren Decken darüber hinsank, so still und tot, daß man hätte glauben können, der Himmel wolle den ganzen verfemten Ort unter ewiger Schneenacht begraben.

Auch in jenen kleinen Hütten am Ausgang des Dorfes, durch die die Haussuchung wie ein schreckhaftes Gespenst gegangen war, brannte noch kein Licht. Es war, als ob hier alles Leben unter dem lastenden Verdacht erstickt sei.

In einer dieser Hütten erwartete auch Frau Striegler den heimkehrenden Gatten, der noch nichts von der Schande wußte, die ihm widerfahren war. Sie saß mit ihrem einzigen Kinde, einem schmächtigen zwölfjährigen Knaben in der ärmlichen Hütte am erkalteten Herde, an dem wenigstens noch eine Erinnerung von Wärme zu haften schien. Zu der Arbeit, die ihnen durch lange Gewöhnung mechanisch von der Hand ging, bedurften beide kein Licht. Die Frau umwickelte kleine, papierene Christbaumsterne mit bunten Wollfäden, während der Junge weiße und gelbe Glasperlen zu Schnüren reihte, die man dann in der nächsten Stadt um ein Spottgeld als Christbaumschmuck verkaufte.

Der Mann, der im benachbarten Ort auf Tagelohn arbeitete, ließ ungewöhnlich lange auf sich warten, und die Minuten schlichen den Bedrückten träge und endlos hin. Der Kleine, dem das Treiben der Männer, die heute alle Winkel im Haus durchstöbert hatten, völlig unverständlich war, hockte verschüchtert in seiner Ecke und blickte wieder und wieder in die verweinten Augen der Mutter, die grübelnd vor sich hinstarrte und entgegen ihrer Gewohnheit die Hände lange Zeit untätig im Schoße ruhen ließ. Ab und zu wagte er sich mit einer scheu geflüsterten Frage hervor. Warum sie geweint habe? oder was die Männer heute gewollt hätten? Alsdann trieb ihn die Mutter unwirsch zur Arbeit an, und er reihte wieder mechanisch Perle an Perle, während ihm allmählich schwere Tränen die Augen zu füllen begannen.

Endlich vermochte er das drückende Schweigen nicht mehr zu ertragen, er ließ den Kopf hängen und fing bitterlich an zu schluchzen. Die Mutter zog ihn an sich heran und fragte ihn aus. Aber als er nun, um doch einen Grund für seine Tränen zu haben, wehleidig über den armen Anton zu jammern anfing, der ihm so schöne Vögel zu schnitzen gewußt hatte und der nun erschossen im Walde gefunden worden war, schob sie ihn fast heftig von sich und verbot ihm das sinnlose Weinen.

Und dann kam der Vater nach Hause. Aber er kam nicht allein. Er war begleitet von Nachbar Karst, der mit einer zahlreichen Familie das Häuschen jenseits der Straße bewohnte. Der Mann schien seltsam aufgeregt und ging ohne Gruß an Strieglers Frau vorbei in das große Hinterzimmer, das den Eheleuten als Wohn- und Schlafraum diente. Striegler ließ den andern voraus und schob seine Frau, die ihn tieferschrocken mit Fragen bestürmen wollte, hastig zurück. »Laß uns allein, Kathrin!« Es klang rauh und gewürgt und im selben Augenblick war er gleichfalls im Nebenzimmer verschwunden, dessen Riegel man ihn vorstoßen hörte.

Das arme Weib war erdfahl geworden und hielt sich nur mit Mühe aufrecht. Einen Augenblick verspürte sie den Drang, die Tür aufzureißen, aber dann schleppte sie sich wankend zum Herd zurück und ließ sich schwer auf einen Schemel fallen. Sie hatte Mühe, sich auf sich selbst zu besinnen. Aber die Ahnung, die sich ihr dann aufdrängen wollte, war so furchtbar, daß ihr der Herzschlag zu stocken schien. Sie vermochte nichts mehr zu denken, sondern starrte nur dumpf und regungslos auf die Glastür des Nebenzimmers, durch deren dünne Vorhänge jetzt der gelbliche Schein einer Öllampe schien.

So saß sie lange Zeit und merkte nichts davon, daß das Kind seit langem bettelnd an ihren Händen fingerte und ihre Backen streichelte. Erst als der zu Tode geängstigte Junge in ein lautes, nervöses Weinen ausbrach, erwachte sie aus ihrer Erstarrung, drückte erschrocken ihre Hand auf seinen Mund und zog ihn auf ihren Schoß.

Das Kind verstummte und starrte nun mit der Mutter auf die lichtbeschienene Scheibe wie auf eine gespenstische Erscheinung. Und doch war kaum etwas zu sehen oder zu hören. Man sah durch die dünnen Vorhänge nur etwas wie die dunklen Schatten zweier Männer, die am Tische saßen und die Köpfe zusammengeneigt hatten. In der tiefen angstvollen Stille konnte man hören, daß sie aufgeregt miteinander flüsterten, aber es war kein Wort zu verstehen. Nur bisweilen sah man, wie der eine oder der andere den Kopf mit einem straffen Rucke hochwarf oder wie sich einer erhob und ruhlos im Zimmer auf und nieder ging. Dann verstummte auch das Flüstern, und man hörte nichts als einen müden, schweren Schritt, der bisweilen aussetzte und zu überlegen schien. Der Schatten des im Zimmer auf und nieder Wandernden verschwand von der hellen Scheibe und erschien wieder darauf wie eine finstere Drohung.

Der Junge blickte lange Zeit wie gebannt auf die Scheibe und die Schatten, die der Mutter ein so tiefes Entsetzen einzustoßen schienen, und es packte ihn ein jähes, immer wachsendes Grauen vor dem Rätselhaften und Unheimlichen, das dicht vor seinen Augen geschah. Er war leichenblaß und zitterte wie Espenlaub, aber er vermochte nicht zu schreien noch zu weinen. Auch die Mutter rührte sich nicht, und wenn das Flüstern und die Schritte im Nebenzimmer erstarben, war es so still, daß man den Schnee draußen niedergehen hörte.

In eine solche Stille klang auf einmal der harte Schlag der Kirchenuhr. Die Frau zählte mechanisch, es waren elf Schläge. Da plötzlich schien sie das Kind zu bemerken, dessen Körper ihr zitternd und kalt wie der einer Leiche an der Brust lag. Sie stand auf und trug den Kleinen, der schlaff und willenlos alles mit sich geschehen ließ, in die Kammer, in der er zu schlafen pflegte, entkleidete ihn und deckte ihn zu. Dann hielt sie sich eine Weile, als ob ihr schwindle, an der kleinen eisernen Bettstelle, blickte in die heißen, hilflosen, bittenden Kinderaugen und beugte sich endlich nieder und küßte, was sie seit Jahren nicht getan, den Jungen lange, lange auf die Stirn. Unter der ungewohnten Liebkosung schien der Kleine aus seiner Erstarrung zu erwachen und fing bitterlich an zu schluchzen. Die Mutter ließ ihn ruhig gewähren und saß regungslos an seinem Lager, während er eng an sie geschmiegt an seinen Tränen schluckte und sein Körperchen unter dem stoßweisen Schluchzen erbebte. Bisweilen hielt er gewaltsam mitten im Weinen inne, und dann hörte man auch hier durch die dünne Brettertür das unheimliche Flüstern der Stimmen im Hinterzimmer.

Als der Junge endlich vor Erschöpfung in Schlummer fiel, ging die Mutter leise aus dem Zimmer und setzte sich wieder zum Herd. Und nun merkte sie erst, daß es bitterkalt war und saß fröstelnd und furchtsam im Dunkeln und wartete und wartete. So verrann langsam Minute um Minute. – –

Der arme Junge wußte nicht, wie lange er geschlafen hatte, als er tief in der Nacht mit einmal von dem knarrenden Geräusch einer Tür geweckt wurde. Er schlotterte noch von der Aufregung der wilden Träume, die ihn gequält hatten, und fühlte, daß seine Backen naß von Tränen waren. Er suchte sich auf sich selbst zu besinnen und fuhr plötzlich jäh zusammen, als die Stimme des Vaters im Nebenzimmer ihn zu sich selbst zurückrief.

»Kathrin, ich habe mit dir zu reden.« Die Stimme klang unnatürlich ruhig und seltsam kraftlos.

Striegler hatte eben seinen nächtlichen Gast aus dem Hause gelassen und war, mühsam nach Fassung ringend in das Zimmer zurückgekommen, in dem ihn sein Weib angstvoll erwartete. Der Frau entfuhr unwillkürlich ein Kreischen, als sie in des Mannes verstörtes Gesicht sah, in dem dicke Schweißtropfen standen.

Der unerklärliche Schrei der Mutter schnitt wie ein Messer in die Seele des Kindes. Und da klang wieder die hohle Stimme des Vaters, die barsch sein wollte und keine Kraft dazu hatte: »Halt's Maul! Soll der Junge aufwachen?«

Eine Weile war es sehr still, daß das Kind das Klopfen des eigenen Herzens hörte. Die Eltern mochten wohl aufhorchen, ob sich etwas in der Kammer rührte. Aber es regte sich nichts. Der Junge hockte, ohne seine Stellung zu verändern, totenstill vor Angst in seinem Bette. Erst als die Stimmen drüben wieder laut wurden, kletterte er wie ein Dieb von seinem Lager und preßte schlotternd vor Kälte und Bangigkeit sein Ohr horchend an die dünne Wand.

Und jetzt jagte sich drüben Rede und Gegenrede, bald die dumpfe, marklose Stimme des Vaters, und bald die angstvolle, zitternde der Mutter. »Sie haben das Gewehr gefunden. Im Wald droben.«

»Um Gottes willen, Du –«

»Schrei' nicht so!«

»Um Gottes Barmherzigkeit, was für ein Gewehr –?!«

»Dem Karst sein's.«

Eine lange Weile war's still, und diese Stille war, als ob jemand aufatme oder als ob jemand nach Mut und Atem ringe, war befreiend und bedrückend zugleich. Dem kleinen Horcher schlugen die Zähne aufeinander, daß er glaubte, man müsse es drüben hören. Mit einmal hatte er verstanden, wovon die Eltern redeten, und das Entsetzen würgte ihn an der Kehle.

Jetzt fing der Vater wieder an zu reden, und die Worte klangen etwas fester, so als ob er sein Weib an den Händen halte.

»Kathrin, der Karst hat's nicht getan... Es hat ein anderer sein Gewehr gehabt an dem Tag – –« Und wieder ein Ringen nach Atem. »Ich habe das Gewehr gehabt an dem Tag –«

»Gott, o Gott! Du – bist ein Mörder?!« Das gellte in kreischendem Entsetzen von dem Munde der Frau. Das Kind hatten beide vergessen. Und als der unglückliche Junge, vor dessen Augen sich alles im tollsten Tanze zu drehen schien, taumelte und kraftlos zu Boden stürzte, hörte niemand den dumpfen Fall des kleinen Körpers.

Drüben redeten sie weiter, wohl eine Stunde lang. Der Mann sprach davon, wie an Flucht nicht zu denken sei, weil sie alle seit Tagen beobachtet würden, sprach davon, daß die Kugel, die man aus des Forstläufers Lungen geschnitten habe, in das Gewehr passen werde, sprach davon, wie alles gekommen sei, plötzlich und ohne seinen Willen, als der Forstläufer ihn auf frischer Tat ertappte und auf ihn anhielt, sprach von dem, was unausbleiblich kommen werde und wie man's tragen müsse. Und die Frau wußte nichts, als zu schluchzen und zu jammern und sinnlos zu betteln, obgleich niemand da war, der die geringste Bitte hätte erfüllen können. Und der Mann sprach davon, daß er sich selber stellen wolle, ehe man den Karst als Besitzer des Gewehrs ermitteln und verhaften werde. – – –

So verging Viertelstunde auf Viertelstunde.

Der ohnmächtige Junge kam allmählich wieder zu sich. In das Gefühl einer völligen Leere, das er zuerst empfand, klangen erst fern und wirr, und dann lauter und deutlicher die erregten Stimmen der Eltern. Da mit eins hatte ihn das Schrecknis wieder mit seiner ganzen Furchtbarkeit in Bann. Das Stimmengewirr im Nebenzimmer klang nur noch wie ein sinnloses Rauschen und Brausen, in das er ebensowenig Ordnung zu bringen vermochte wie in seine Gedanken. Vor seinem fiebernden Gehirn jagte ein Bild das andere. Bald sah er den alten Anton im Kampfe mit dem Vater, bald sah er nichts als Blut, und dann wieder tauchte es daraus hervor wie die Gestalt eines Henkers, der dem Vater das Haupt abschlug, oder wie die Gestalt des alten Anton, der aus einer tiefen Wunde blutete und mit verzerrtem Gesicht drohte – – die schrecklichen Bilder nahmen kein Ende, er konnte ihnen nicht entfliehen – er durfte nicht schreien. – – –

Der Junge befand sich in sinnverwirrender Todesangst. Er wollte um Hilfe schreien und brachte kein Wort über die Lippen. Endlich raffte er sich auf, um in sein Bett zurückzukriechen und sich unter den Decken zu verbergen. Aber auch das vermochte er nicht. Es ging ihm, wie es einem wohl bisweilen in der Nacht geht, er vermochte, zumal in dem Taumel, der ihn beherrschte, unmöglich die Richtung zu finden, in der sein Bett stand. Er tappte durch das finstere Zimmer und tastete nach den Wänden, während das Grauen in ihm immer höher und entsetzlicher aufschwoll.

Er fuhr zusammen, als er schmerzhaft mit den Zehen gegen einen Stuhl stieß, aber das Entsetzen drohte ihn in die Knie zu werfen, als er jetzt den Vater sagen hörte: »Still –! Ich glaube, der Junge ist aufgewacht …«

Er duckte sich zusammen und rührte sich nicht und empfand ein tödliches Grauen bei dem Gedanken, sein Vater könne zu ihm ins Zimmer treten und ihn anrühren. Es war ein Gefühl des Entsetzens, gegen das es keine Rettung gab. Und plötzlich merkte er an dem kalten Luftzug, der ihn anwehte, daß er dicht am offenen Fenster stand. Ohne zu wissen, was er tat, schwang er sich auf das Gesims und stand plötzlich mit klopfendem Herzen, nur mit dem Hemd bekleidet, auf der Straße, ohne ein Gefühl der Kälte.

Es ist ein müßiges Geschwätz, darüber zu reden, ob der Junge die sinnlose Torheit im Irrsinn oder aus Todesangst begangen hat. Wer wäre hier imstande, beides voneinander zu trennen!

Die Eltern lauschten noch geraume Zeit, und als alles still blieb, fuhren sie fort miteinander zu reden, müder jetzt und mutloser, noch lange Zeit, ohne zu ahnen, was das unselige Kind indessen für ein Martyrium litt. Wer begreifen will, was weiter geschah, der muß die zahllosen, irren Spuren der kleinen Füße mit Augen gesehen haben, die wie die Spur eines verlaufenen Kindes oder eines zu Tode gehetzten Tieres über die Straße herüber und hinüber liefen.

Es hatte aufgehört zu schneien, und der grauende Morgen brachte eine empfindliche Kälte. Aber noch empfand sie der Junge nicht. Er stand einen Augenblick wie betäubt auf der Straße, und vielleicht geschah es zufällig, daß sein Blick auf das Haus des Nachbars fiel. »Der Karst –« durchzuckte es ihn, und er lief auf das Haus zu, bis er davor stand und nun plötzlich empfand, daß er nicht wußte, was er da solle. Es war nur das instinktmäßige Gefühl gewesen: dort ist einer, der um all deinen Jammer weiß, dort ist einer, der helfen muß. Nun empfand er seine Torheit; was tat er hier mitten in der Nacht vor verschlossener Tür? Und dann lief er zurück zu der elterlichen Schwelle, über die ihn das Grauen getrieben hatte, das ihn jetzt nur noch stärker anhauchte. Nur nicht wieder dahin zurück! nur nicht zurück dahin, von wo er entflohen war! Und so lief er vom Elternhaus zum Nachbarhaus und vom Nachbarhaus zum Elternhaus, und griff beim Karst an den Klingelzug und ließ ihn zitternd wieder fahren. Und nun empfand er die bittere Kälte. Er drückte sich weinend gegen die Schwelle des Vaterhauses, und die Angst vor dem Sterben in Nacht und Kälte jagte ihn wieder auf. Hier oder dort mußte er unterschlüpfen. Aber wo? Bald entschloß er sich hierfür, bald dafür, und immer wieder schien das Gewählte das Grauenvollste und das andere das Leichtere zu sein. Und so ging das jammervolle Hasten hin und her, hin und her ... Und zuletzt wußte er nicht mehr, was er tat, er lief wie ein toller Hund, der nirgends Ruhe findet, hierhin und dorthin, bis er endlich taumelnd zusammenbrach. –

So mochte er etwa ein halbes Stündchen gelegen haben, als einer der streifenden Gendarmen, der die Straße passierte, ihn wenige Schritte vor dem Vaterhause ohnmächtig auffand. Er erschrak jäh über das unbegreifliche Bild, beugte sich zu dem Knaben nieder, den er gut kannte, und befühlte den steifgefrorenen Leib. Schon wollte er seinem ersten Impuls folgen und an der Türglocke des Strieglerschen Hauses läuten, als er sich der Gefährlichkeit seiner Lage bewußt wurde. Er überlegte einen Augenblick, dann setzte er seine Signalpfeife an den Mund, die seinen in der Nähe streifenden Kollegen herbeirief. Kopfschüttelnd entschlossen sich endlich die beiden, die Strieglers zu wecken.

Und dann spielte sich in dem dämmerig-kalten Morgen eine Szene ab, die mit ihrem Jammer das halbe Dorf aufweckte und zusammenlaufen ließ.

Als Frau Striegler, die zuerst gleich ihrem Mann an eine Überrumpelung glaubte, begriffen hatte, worum es sich handelte, vergaß sie alle Vorsicht und alle Furcht, die sie eben noch um ihren Mann empfunden hatte. Sie warf sich händeringend über den vermeintlichen Leichnam ihres Kindes und schrie ihrem Manne vor all den Fremden leidenschaftliche Anklagen ins Gesicht:

»War's denn noch nicht genug, was Du getan?! Sieh her, daran bist Du schuld! Du bist schuld! Auch Dein Kind hast Du gemordet – !« sie wußte kaum, was sie tat.

Der Mann hatte indessen kaum für einen Augenblick die Besinnung verloren. Leichenblaß zwar, aber straff aufgerichtet, stand er in der Tür seines Hauses und blickte auf das Durcheinander. Er sah die Blicke, die ihm die Dörfler zuwarfen, sah, wie die Gendarmen bereits die ersten Absperrungen vornahmen, und er wußte, daß alles verloren war. Aber es berührte ihn nicht mehr. Es sah einen Augenblick aus, als wolle er zu seinem Kinde gehen, aber dann zögerte er wieder und warf den Kopf auf; er wollte all den Gaffern, die von fern standen, nicht das Schauspiel bieten, wie die Frau den Mann von der Leiche des Kindes zurückstieß. So ging er ruhig auf die Gendarmen zu. »Macht's kurz, Leute! Ich habe den Anton erschossen und entlauf' euch nicht mehr. Aber seht erst nach dem Kinde, ob ihr's noch mal zum Leben bringt.«

Dann wurde er abgeführt. Er mühte sich, den Neugierigen trotzig ins Gesicht zu sehen, da bemerkte er, wie einer sich vorbeugte und seinen Nachbar anstieß, und wie beide auf den Schnee der gesperrten Straße niederblickten. Und er sah zu Boden und sah die zahllosen Abdrücke des kleinen Fußes. Da befiel ihn ein Zittern, und er stöhnte auf. – –

Er sollte Frau und Kind nicht wiedersehen.

Die Frau machte ihrem Leben gewaltsam ein Ende, und die schwere Erkrankung des Knaben wich einer stümperhaften Heilung, die nur den Leib zu retten vermochte. Die milde Güte des Pfarrherrn nahm das verwaiste Kind ins Haus, aber was ist all das Unglück gegen das lebendige Leid, das unter uns wandelt! Was will es heißen, daß die Ärzte versichern, das unglückliche Kind habe in seinem Dämmerzustand keine Spur von Erinnerung an das Vergangene! Was will das heißen, wenn ein Blick in die müden, hoffnungslosen Augen des schwermütigen Knaben, dessen ruheloser Schritt jetzt zu meinen Häupten erklingt, mir sagt, daß diese arme hindämmernde Seele nichts ist als ein ewiges Gefühl leidvoller Ratlosigkeit? nichts als eine endlose Trauer, die ihn bis zu seiner Auflösung verzehren wird? Seine Seele ist wie eine Uhr, die in der schmerzvollsten Schicksalsstunde stehen blieb, um von nichts mehr zu erzählen als von dieser einen, traurigen Stunde. Um ihn herum wirft das Leben, das er seit jener Nacht, in der es ihn vergewaltigte, nicht mehr versteht, seine Wellen, als wäre nichts geschehen. Selbst die Liebe, die dem Unglücklichen entgegengebracht wird, scheint er nicht zu empfinden. Ist dieser Gedanke nicht wie eine mahnende Vaterhand, die sich warnend auf unsere Schulter legt?

Guter Pfarrherr, du weißt, wie hoch ich dir's anrechne, daß du damals nach der seltsamen Entlarvung des verbrecherischen Wildschützen nicht von der Kanzel herab über Gottes unerforschlichen und allweisen Ratschluß salbadertest, der die Wahrheit auch durch Kinder und Unmündige an den Tag bringt; aber tiefer noch würde ich dich verehren, wenn du von den Augen deines hinsiechenden Hausgenossen jene Predigt abzulesen und zu verkündigen verständest, daß wir unsere Herzen rein bewahren sollen, weil ein einziger Fehltritt Wunden schaffen kann, die alle irdische und himmlische Liebe nicht wieder zu schließen vermag.

Ich habe heute gesehen, daß deine Pfarrkinder auch schon an diesem Knaben vorübergehen können, ohne daß ihr Herz zu ihm spricht. Sie gehen an ihm vorbei, blind und stumpfsinnig, wie wir an allen Rätseln und Offenbarungen des Lebens vorübergehen.

Waidwund

Im Kloster Mönchsbronn war eitel Lärm und Leben, Lachen und Schwatzen. Wie Kinder, die am Strande sitzen und jubeln, wenn ihnen eine Welle, die stärker ist als alle anderen, gleichsam in den Schoß läuft, so benahmen sich die Mönche, die das Leben vor längerer oder kürzerer Zeit an den Strand dieses einsamen Klosters geworfen hatte.

Gewaltiges war in der Welt geschehen. Der große Karl hatte Gericht gehalten über Thassilo, den Bayernherzog, und ihn samt Weib und Söhnen und Töchtern in die entlegensten unter seinen Klöstern gesteckt. Die Avaren trugen die Kriegsfackel in das Land des allmächtigen Karl, und die Welt brannte.

Aber all das hätte nicht solche Bewegung unter die Kuttenmänner gebracht, als sei der Marder im Taubenschlag. Nein, das Neue, das Unerhörte, was sich ereignete, ging sie an, sie selbst, die Mönche von Mönchsbronn.

Im Refektorium saß ein reisiger Sendbote Kaiser Karls, der sich unter den sorgenden, hätschelnden, neugierigen und freigebigen Mönchen als Hahn im Korbe fühlte. Aber nichts war weniger umsonst, als die Sorge und Freigebigkeit dieser Mönche: wurde er vollgefüllt wie ein Faß, so wurde er auch ausgepreßt wie ein Schwamm.

Was wußte der Mann nicht zu erzählen!

Es war eigentlich immer dieselbe Geschichte, die er zum besten gab. Aber jedesmal, wenn er geendet, kam irgendein Frater atemlos gelaufen und ließ keine Ruhe, bis er den Grund der schallenden Heiterkeit erfahren hatte, die sich bis in die entlegensten Winkel des Klosters verbreitete. Und ruhte nicht, bis er alles wußte, brühwarm wie die andern. Und dann war wieder ein anderer da, der es wissen wollte, und wieder einer, und so fort und fort ohne Aufhören.

Und was war das für eine Geschichte! Ihnen, den Mönchen von Mönchsbronn schickte der große Karl ein Angebinde. Und dieses Angebinde war nicht mehr und nicht weniger als des wilden Thassilo letzter Sproß, den man endlich auch gefangen wie all seine Brüder und seine ganze Sippe.

Aber *wie* gefangen! Das war der Kern der Sache. Das war der Grund der immer erneuten Heiterkeit.

Wohl schlich bei der Erzählung des Reisigen mancher Mönch mit narbenvollem Gesicht und mancher verwitterte Graukopf unruhig und grollend beiseite – ihnen brachen wohl alte Wunden auf, als beschwatze man ihr eigenes Geschick – doch das mehrte nur den prickelnden Reiz, den der Bericht für die übrigen hatte.

Und immer wieder erzählte der gutgelaunte Kriegsmann, wie man Reinald, Thassilos jüngsten Sohn, gefangen hatte.

Wie hatte der Schlaukopf sich zu verbergen gewußt! In Höhlen, im wilden Walde, in unzugänglichen Felsschluchten! Was für ein großmäuliges Geschwätz hatte er gemacht! Wie hatte er im geheimen gehetzt und geschürt unter den Bauern und Edelingen seiner Heimat, als sei er, der unbärtige Knabe, der Mann dazu, den Kaiser Karl aus dem Lande zu jagen!

Und was war das Ende von all dem Geschrei gewesen! Ein paar fränkische Reiter hatten seine Spur ausfindig gemacht und ihn beschlichen wie ein entsprungenes Füllen.

Ganz ohne Ahnung war der Bursche gewesen. In einer abgelegenen Kapelle, wo er die Nacht verbracht, hatte er seine Morgenandacht verrichtet. Da hatte sich einer der Reiter, ein ungeschlachter Geselle, der einen Stier auf dem Rücken zu tragen vermochte, den Spaß gemacht, ihn zu fangen wie ein Hündlein. Lautlos war er herangekommen und mit angehaltenem Atem hinter dem Knieenden gestanden.

»Ei, Junge, bist du so fromm! Wart', dafür soll wohl Zeit werden!« Mit eins saß dem Burschen die grobschlächtige Faust des Mannes im braunen Schopf und im Nacken, hob ihn auf wie ein Hündlein und trug den Zappelnden ausgestreckten Armes hinaus zu seinen johlenden Gesellen. Ei, wie hatte das Bürschlein um sich geschlagen, gebissen und gekratzt wie eine Wildkatze! Half ihm doch nichts und schürte nur das tolle Gelächter der andern. Ehe er sich's versah, war er nur mehr ein verschnürtes Bündel, das der ungefüge Reiter querüber vor sich über den Sattel hängte. Und dann heidi auf und davon! Ein Ritt mochte das gewesen sein, von dem man schon Schädelbrummen bekommen konnte. – – –

Die Heiterkeit wollte kein Ende nehmen.

Und je mehr der Reisige zum Aufbruch drängte, um so stürmischer wurde das Fragen. Man wußte eigentlich noch nichts, als daß er Reinald heiße, ein hübscher Bursche von kaum siebzehn Jahren sei, unbärtig, mit braunem Gelock, das er nun wohl zum längsten getragen hatte. – – Man wollte noch viel mehr wissen. Mühsam nur konnte der Kriegsmann zur Tür vordringen. Umdrängt von fragenden, schwatzenden, schreienden Mönchen, bahnte er sich lachend den Weg über den Klosterhof zur Torfahrt.

Im Sattel wandte er sich noch einmal zurück und rief dem braunen Häuflein gutgelaunt zu: »Hütet euch gut! Schneidet dem Jungen die Krallen, er weiß wohl zu kratzen! Hahaha! Hahaha – – –«

Der Abt hatte für seinen jüngsten Zögling eine fast väterliche Zuneigung gefaßt. Ein tiefes Mitleid hatte ihn bewegt, als der Jüngling, ein Bild hoffnungslosen Jammers, noch in der kriegerischen Tracht seiner Heimat, durch die Gassen der neugierig gaffenden Mönche schritt, ohne auch nur einmal aufzusehen. Er ging barhäuptig, und der wie zum Hohn von tölpelhaften Händen regellos geschorene Kopf war das Ziel aller Blicke. Auge und Gesicht war kaum zu sehen, so tief trug er den Nacken, und sein Schritt war so schleppend, seine Haltung so gebückt, daß es einen Wunder nehmen konnte, wie nachher doch so viele von dem prächtigen Wuchs seiner schlanken Gestalt zu tuscheln wußten.

Barmherzig entzog der Abt den Ankömmling der allgemeinen Neugier und führte ihn in die für ihn bestimmte Zelle. Außer dem Gruß, den er bot, und der unbeantwortet blieb, wußte auch der Alte kaum ein Wort zu reden. Der matte Glanz der Augen und das apathische Gebaren des jungen Menschen gaben das klägliche Bild eines geprügelten Hundes. Es war, als ob die Seele des Jünglings so wund sei, daß ihr jede Bewegung und Empfindung, jeder Gedanke und jede Erinnerung Pein verursache.

Als die mitleidige Hand des welt- und menschenfremden alten Mannes an ihm herumtastete, war es, als ob die Hand des Arztes in bloßgelegtes Nervenwerk griffe! Der junge Mensch zuckte gepeinigt

unter dem quälenden Erbarmen und floh vor dem Zuspruch des
Abtes, bis dieser ihn seufzend sich selbst überließ.

Als die Tür sich hinter dem Alten schloß, blieb der Jüngling, ohne
sich zu rühren, noch lange wie betäubt mitten im Gemache stehen.
So jäh und unentrinnbar war das Unfaßbare über ihn gekommen,
daß er zuerst nichts empfand als eine dumpfe, ziellose Verzweiflung.

Es war ihm, als sei plötzlich über ihm ein Haus zusammengebro-
chen und er stände ratlos in den Trümmern. Bald dünkte ihn alles
ein Trug der Sinne, ein unmöglicher, sinnloser Traum, dann über-
fuhr ihn wieder zuckend die ganze Schmach der Erinnerung. Er
sank schlaff, als lösten sich ihm die Gelenke, in sich zusammen und
fiel zu Boden. Dann kauerte er lange mit hochgezogenen Knieen,
stemmte die Fäuste in beide Schläfen und starrte gradaus vor sich
hin.

Und da sah er wieder die Fratze vor sich, der er nicht mehr ent-
rinnen konnte, seit jenem Augenblick, da sie zuerst vor ihm auf-
tauchte. Da fühlte er wieder die rohe, haarige Faust im Nacken,
deren Griff er Tag und Nacht zu spüren verdammt war. Da war
wieder das rote, narbige, grinsende Gesicht, das keinen Namen
trug.

Das war das Schmachvollste, daß dieser Irgendjemand, der ihm
den tödlichen Schimpf angetan, keinen Namen trug. Das war, als ob
eine Hand aus dem Dunkel getaucht sei, um ihm ins Gesicht zu
schlagen. Und Hirn und Herz brannte von dem Schmerze, und es
war niemand da, den er fassen und hassen konnte. – Die ersten
Tage waren vergangen. Der Jüngling trug die Novizenkutte.

Da störte eines Tages der junge Mensch die Messe durch ein lautes, nervöses Lachen. Es klang unnatürlich und wild. Der neben ihm
kniende Bruder preßte ihm erschrocken die Hand auf den Mund
und hielt ihn nieder, er aber sprang auf und griff mit beiden Händen in das Holz des Betstuhls. Wie er so zurückgebeugt mit hoch-
geworfenem Kopfe dastand, sah es sich an, als wolle er schreien,
vorspringen ... er ließ sich widerstandslos hinausführen.

Seit man ihn dafür gestraft, war seine Art wie verwandelt. Er
trieb es seitdem wie ein flegelhafter Schulbube. Stunden- und tage-

lang verharrte er in reizbarer Teilnahmlosigkeit wie in tückischem Trotze, dann wieder vergriff er sich ohne Grund an Heiligem und Unheiligem, riß die Rosenstöcke aus dem Klostergarten und gab sich keine Mühe, sein Treiben zu verheimlichen. Die Gemeinschaft anderer floh er hartnäckig im Guten wie im Bösen; als eines Tages einer der Jüngsten sich an ihn heranmachte, ihn wie einen dummen Jungen zu einem Streit zu verleiten, schlug er ihn ins Gesicht und warf ihn aus der Zelle. Die Klosterstrafen, Zellenhaft und Geißelhiebe, ließ er stumpf über sich ergehen, ja es war, als wolle er damit heißere Qualen des Blutes und der Seele ertränken.

Nur mit einem der kleinen Klosterschüler hatte er ein loses, sonderbares Verhältnis. Es war ein schlanker, feingliedriger Junge von elf Jahren, auf schmalen Schultern ein zarter Hals, der einen großen dunklen Kopf mit weichen verträumten Augen trug. Seit der zufällig bei Reinalds Ankunft im Kloster zugegen gewesen, hatte er eine unerklärte, scheue und wunschlose Kinderzuneigung zu dem Älteren gefaßt. Als der junge Novize eines Tages in dumpfen Gedanken, an die Säule des Kreuzganges gelehnt, in den Garten hinaussah, war der Kleine auf einmal wortlos neben ihm gestanden. Der Größere wandte sich nach ihm um und strich ihm leise, ohne ihn recht zu sehen, mit der Hand durchs Haar. Der Kleine sah mit seinen großen, weichen Augen zu ihm auf und schmiegte sich an ihn ... Da hatte sich der junge Mönch hastig losgemacht und war unruhig den Gang hinabgeschritten. Seitdem machte sich der kleine Geselle gern dort zu schaffen, wo er den anderen wußte. – – –

Ein warmer, fast schwüler Abend lag über dem Klostergarten. Der Abt, ein Gebetbuch in der Hand, schritt zwischen den Rosensträuchen in merklicher Unruhe umher. Bald tat er einige hastige Schritte, bald machte er sich wieder lange mit einer entblätterten Rose zu schaffen. Endlich raffte er sich seufzend auf und verließ den Garten. Den kühlen Kreuzgang schritt er herunter, an den Zellen der Mönche vorbei. Vor einer der Türen am Ende des Ganges blieb er lauschend und unschlüssig stehen. Er hörte nichts und konnte sich doch nicht entschließen einzutreten. Er stand im Begriff, den jungen Bruder aus der Haft zu entlassen und sehnte sich, ihn, dessen Wesen er nicht zu nehmen verstand, nicht nur freilassen, sondern auch freimachen zu können.

Endlich schob er den Riegel zurück und trat ein. Der junge Mensch lag lang ausgestreckt auf dem Steinboden der Zelle, das Gesicht auf die gekreuzten Arme gedrückt. Der Abt wartete, ob er sich erhöbe, er rief seinen Namen, der Jüngling regte sich nicht. Der Greis zog leise die Tür hinter sich zu und trat tiefer ins Gemach. Eine Weile stand er unschlüssig, die Hand auf die Fensterlaibung gelegt, dann fing er leise an zu reden, als ob er zu einem Kranken spräche:

»Bruder Reinald, warum machst du mir solche Not? Und dir? Dir die größte selber? Lieber Sohn, warum hast du kein Vertrauen zu mir?« Er stockte und wartete auf Antwort, die nicht kam. Da fuhr er fort, fast schüchtern liebreich:

»Du hast ein Leid, das ich nur halb kenne. Du hast Wünsche, die nicht befriedigt werden. Ich weiß, du bist keiner der Schlechten. Dir fehlt etwas. Bruder Reinald, willst du mir nicht sagen, was dir fehlt?«

Plötzlich fuhr der Jüngling empor. Hochaufgerichtet stand er vor dem Greis. Sein Gesicht zuckte, seine ganze Gestalt zitterte. Die Lippen öffneten sich, als wolle er reden, er verkrampfte die Fäuste ineinander, der ganze Leib straffte sich. Wild und rauh würgte er endlich die Worte heraus, das brennende Auge fest auf den andern gerichtet, mit undämmbarer Leidenschaft brach es aus ihm heraus: »Einen Menschen möcht ich erwürgen – –! Da weißt du's!!«

Er stand da, als hielte er sich nur mit Anspannung aller Muskeln aufrecht. Das zuckende Gesicht war fest auf den Abt gerichtet. Der schwieg und schaute auf den Jüngling, dem dieser Blick voll Mitleid eine Pein war, der sich sehnte nach Entrüstung und Vergewaltigung.

Der Alte sah tief in das Gesicht des Jungen. Es war ein fremdartiges, in der zuckenden Pein von Leid und Trotz seltsam schönes Gesicht. Die roten Lippen, schmal und unmerklich geschwungen, waren fest zusammengepreßt. Von den schönen, stahlgrauen Augen ließen merkwürdig geschnittene Lider nur einen fast schmalen Streifen sichtbar, dessen heißer, harter Glanz aber dem feingeschnittenen Gesicht eine rassige Energie gab.

Allmählich wurde der Alte unruhig im Anblick einer Seelennot, gegen die er hilflos war. Er sehnte sich, den jungen Menschen an sich zu ziehen und zu trösten, und er traute sich nicht. Er ließ den Blick von ihm, zögerte einen Moment und wandte sich dann hastig zur Tür. »Du paßt nicht hierher, du paßt nicht hierher«, er sah den Jüngling nicht an, als er die Worte murmelte.

Er ging hinaus und ließ die Zelle offen. Das Lachen des jungen Mönchs verfolgte ihn, als er eilig und verwirrt den Kreuzgang hinabschritt. – – –

Andern Tages sollte man das Fest des Klosterheiligen feiern. Mit nächtlichem Beten und Singen bereiteten sich die Mönche vor.

Der Abt ließ seine Augen seit langem unruhig durch das spärlich erhellte Schiff der kleinen Klosterkirche schweifen. Als er den nicht entdecken konnte, den er suchte, verließ er leise während des Singens die Brüder.

Die Zelle des jungen Mönchs war leer, auch im Garten war keine Spur von ihm zu finden. Ratlos stand der Alte, als er den dunklen Garten wieder und wieder durchschritten hatte, vor den Vorratsräumen. Aus einem der Kellerfenster drang Licht. Befremdet stieg er, vorsichtig tastend, die Treppe hinunter. Die Tür zu den Räumen, in denen der Klosterwein lagerte, stand offen und ließ einen flackernden Lichtschein auf den feuchten, dunklen Gang fallen.

Auf der Schwelle der Tür stand der Alte erschrocken still, betroffen von dem unerwarteten Anblick. Das zuckende Licht eines Kienspans beleuchtete ein sonderbares Bild.

Am Boden hingestreckt lag der junge Mönch. Sein einziges Kleidungsstück, die Kutte hatte sich gelöst und lag unter dem Leib des Jünglings ausgebreitet in dunklen Lachen roten Weines, von dem der Boden schwamm. Eines der großen Fässer war angestochen, so daß der Wein unaufhörlich herausquoll. Der junge Mönch lag völlig trunken und regungslos.

Der Alte stand noch immer in der Tür. Die Entrüstung der ersten Augenblicke war in eine tiefe, mitleidige Ergriffenheit umgeschlagen. Von keiner Askese ausgedörrt, von keinen Lüsten aufgeschwemmt, eines der schönen Kinder der Welt, lag der straffe Leib des Jünglings nackt und weinbefleckt, die Arme weit auseinandergeschlagen, über der dunklen Mönchskutte in der Flut des roten Weins, der den Boden bedeckte. Das schwelende Licht des Kienspans warf flackernde Schatten darüber.

Lange stand der Abt und schaute auf das schöne, unglückliche Menschenkind, dem selbst das Laster des Rausches nicht den Schimmer einer bacchanalen Schönheit nehmen konnte, die nur erhöht wurde durch den Gegensatz zwischen dem Bilde der äußersten Ausschweifung und dem dafür nicht geschaffenen schlanken und ebenmäßigen Leibe Reinalds.

Das Bild sprach auch zu dem Herzen des Abtes. Ein junges, edles Blut, dessen adlige Wildheit keiner Dressur gefügig war, wurde hier zuschanden; das sah auch er. Es jammerte ihn, wenn er daran dachte, wie der Jüngling, dem verzweifelten Ringen mit Zorn und Scham, mit Rachsucht und Selbstverachtung, mit allen Dämonen seines heißen Blutes und seiner heißen Seele ein Ende zu machen, sich um den Verstand getrunken hatte, wie ein Trunkenbold.

Das Erwachen wenigstens wollte er ihm ersparen. So kniete er zu ihm nieder, hüllte ihn in die feuchte Kutte und versuchte, den Leib des Jünglings zu heben. Schlaff und schwer lag er in seinen Armen, die Kraft des alten Mannes reichte nicht aus. So warf er seufzend noch einen Blick auf seinen Liebling und ging gedrückt den Weg zurück, den er gekommen.

Insgeheim beauftragte er zwei Brüder, den Trunkenen in seine Zelle zu schaffen. Er selbst folgte mit einer reinen Kutte und saß die Nacht über wachend an seinem Lager. Als der Morgen durch das Fenster hereindämmerte, verließ er leise die Zelle. - - -

Mehrere Stunden später traf er auf der Suche nach dem Jüngling den kleinen Klosterschüler, den er des öfteren in der Nähe des jungen Mönchs gesehen hatte. Er hielt den Knaben an der Schulter, als er scheu an ihm vorüberschleichen wollte. Da sah er, daß er Tränen in den Augen hatte. »Wo ist er?« fragte er, als ob er mit dem Kleinen in stummem Einverständnis rede. Das Kind zeigte mit der Hand nach dem Garten, jedes Wort hätte die verhaltenen Tränen hervorgelockt, der Alte sah ihm seufzend nach, wie er eilig davonging, um sich nicht zu verraten. Er ahnte, daß der Jüngling heute den Kleinen mit barschem Wort verscheucht hatte.

Der junge Mönch lag neben dem Brünnlein im Klostergarten ausgestreckt. Bis zur Pein hatte er seit dem Erwachen gegen eine halb gereizte, halb schlaffe und tränenselige Stimmung angekämpft, die ihm bisher fremd und wohl eine Folge der nächtlichen Ausschweifung war. Ein Gemisch von Erbitterung, Scham und innerster Zerrüttung ließ ihn zu keinen klaren Gedanken kommen. Der Kampf gegen sich selber steigerte sich zu einem würgenden Ekel, zu einer dumpfen, ziellosen Wut.

Er fühlte, daß der Abt hinter ihm stand und auf ihn niedersah. Er drückte das Gesicht tiefer ins Gras und biß mit den Zähnen ins Erdreich. Sein Leib zuckte vor verhaltenem Schluchzen, das endlich, mächtiger als seine Selbstbeherrschung, hervorbrach und den ganzen Körper erschütterte. Keine lösenden Tränen, sondern das trockene Schluchzen unbändiger Wut und Verzweiflung.

Der Alte, statt leise davonzugehen, kniete erschüttert neben dem Jüngling nieder. Er legte die Hand auf sein Haupt. »Mein Bruder, mein lieber, lieber Bruder ...« Mehr wußte er nicht zu sagen.

Das nahm dem andern den letzten Halt. Er fühlte instinktiv, wie die Güte des Alten, wie die Zutunlichkeit des Knaben ihn mählich wie mit weichen Garnen umstrickte, wie Güte und Mitleid seine innerste freie Natur erschlafften und vergewaltigten ... Mit einem straffen Ruck schnellte er empor, daß der Alte taumelnd zu Fall kam, und jagte wie ein Panther besinnungslos dem Ausgang zu. Vor dem Tor stellte sich ihm der Pförtner entgegen und warf ihn mit derbem Stoß zurück. Dieser warf sich mit ganzem Leibe auf ihn und riß ihn zu Boden wie ein Raubtier. Keinen Laut konnte der Verfallene ausstoßen, der Jüngling kniete ihm auf dem Leibe und würgte seine Kehle mit beiden Händen. Der Mann war machtlos gegen den Jüngling. Unbarmherzig, wie in wilder Lust, hielt der andere den zuckenden, windenden, bäumenden Leib nieder, bis er schlaff und leblos wurde. Mit blutverdunkelten Augen starrte er in das blaue, gedunsene Gesicht. Endlich ließ er von dem Erwürgten, reckte sich und riß den Torriegel zurück. In wilden Sprüngen jagte er dem Walde zu.

Wenige Minuten später war eine unbeschreibliche, lärmende Verwirrung im Kloster, ein Durcheinander von Schreien und Befehlen. Zu Fuß und zu Pferde machten sich endlich die Brüder zur Verfolgung des Flüchtlings auf. – – –

Als der Abt, ermattet und erschöpft von den furchtbaren Erlebnissen, Ruhe in dem Frieden der Kapelle suchte, fand er den Knaben kniend vor dem Gnadenbilde der Jungfrau. Er trat leise von hinten an ihn heran und rührte seine Schulter. »Für wen betest du?«

Da wandte der Knabe langsam das feine, zuckende Gesicht zu ihm empor, Tränen standen in den weichen dunklen Augen. »Ich bete, daß sie ihn nicht fangen.«

Schweigend zog der Greis den Knaben an sich.

*

Ein schlanker Renner war Reinald flüchtig dahingeflogen. Das Sausen des Blutes in seinen Ohren täuschte ihm hundert Stimmen vor, die nicht waren, er glaubte, wildes Fluchen und Schreien zu hören, wähnte, den Hufschlag des Verfolgers hinter sich zu spüren und spannte alle Kräfte seines Leibes zu rasendem Laufe.

Der Schweiß floß ihm in Strömen vom Leibe, die schwere Kutte peitschte Knie und Schenkel und hinderte ihn im Dahinjagen. Ohne Besinnung tat er das Törichtste, was er tun konnte, und rannte im Staube der Landstraße dahin. Er dachte nicht einmal daran, die zahlreichen Windungen der Straße abzuschneiden und querfeldein zu laufen, so saß ihm das Entsetzen im Nacken.

Endlich war er am Ende seiner Kräfte. Der Atem ging heiß und pfeifend, Mund und Kehle waren ausgedörrt, der Staub knirschte ihm zwischen den Zähnen. Die schweißbedeckten Flanken flogen, alle Pulse hämmerten zum Zerspringen. Seine Augen waren mit Feuer gefüllt, ein Wirbel von flimmernden Pünktchen tanzte vor seinen Blicken. Haltlos brach er in die Knie.

Er raffte sich auf und lief taumelnd zu dem Bache herab, der sich in einiger Entfernung längs der Straße hinzog. Die heißen Hände und das glühende Gesicht tauchte er in das kalte Wasser des Baches und schlürfte gierig, ohne zu schöpfen, mit dem Munde das eisige Naß in die brennende Kehle.

Er raffte sich auf und empfand, plötzlich ernüchtert, das Gefahrvolle seiner sinnlosen Flucht.

Jenseits des Baches breiteten sich dunkle Nadelwälder in unabsehbarer Ferne aus. Er übersprang den Bach, reckte sich und, in das bergende Dunkel des Waldes tauchend, nahm er die jagende Flucht wieder auf.

Nach stundenlangem Laufe hielt er erschöpft am Rande eines Waldsees von mäßiger Größe. Er empfand brennenden Durst, aber er fühlte sich zu kraftlos und matt, sich niederzubeugen und zu trinken. Er warf sich im Sande des Ufers langhin und schloß die Augen. –

Da dehnte sich der enge Wiesenplan und ward zum Blachfeld.

Ein Geschwader gepanzerter Reiter brauste über das Feld.

Und er selbst hielt am Waldsaum. Hinter ihm Bauern und Edelinge mit Äxten und Schwertern. Schmerzhaft war seine Hand um den Schwertknauf gespannt. Weit beugte er den Kopf über den Hals seines Pferdes, seine Lippen waren dürstend, lechzend geöffnet.

Und jetzt war es da.

Aus der geschlossenen Masse der Feinde löste sich ein einzelner Reiter. Eine riesige Gestalt auf geschecktem Hengst. Rot und narbig das Antlitz, rot die mächtigen Fäuste. Nackt hob sich die Brust aus zottigen Fellen. Halb Tier, halb Mensch kam es heran. Hinter ihm blieb die Masse der andern zurück und verschwamm ins Ungewisse. Aber er wuchs und wuchs.

Mit einem tierischen Schrei preßte Reinald seinem Renner die Schenkel in die Weichen, daß er wiehernd stieg und brausend zu Tal flog.

Mit schmetterndem Anprall schlugen die gepanzerten Rosse gegeneinander.

Und dann stand Mann gegen Mann. Mit leeren Sätteln rasten die Hengste übers Feld.

Und keiner der Gegner dachte seiner Waffen. Ein Ringen hob an, Leib gegen Leib, auf Tod und Leben. Ein Ringen, das den Atem nahm, und Kopf und Brust und Arme mit Feuer füllte. Gesicht brannte gegen Gesicht, und Reinalds Auge schmerzte, so voll Wut starrte er in das rote, glotzende Gesicht des andern.

Feld und Welt vergingen in Feuer, nur das glotzende Antlitz blieb.

Endlich lösten sich die ringenden Leiber in betäubender Erschlaffung. Reinalds Augen schlossen sich wie von selbst. Plötzlich fühlte er sich selbst wieder, und wie ein Schleier floh es von seinen Augen. Die Welt, die eben noch lastend auf ihm lag, wich nach allen Seiten von ihm, wie abfließendes Wasser. Er lag über seinem Feind, der ohnmächtig am Boden lag. Das durchfuhr ihn, wie ein berauschender Trank. Fest und straff stand er wieder auf beiden Füßen und fühlte jedes Atom seines Leibes. Er hob den Fuß und drückte die nackte Sohle auf die Kehle des Überwundenen, der wehrlos unter ihm zuckte.

*

Reinald erwachte und sprang auf.

Augenblicks wußte er, daß alles ein Traum war, aber es konnte ihn nicht traurig machen, so stark und fröhlich war er über seinem Träumen geworden. Tief holte er Atem, wieder und wieder. Er dehnte die Arme und reckte sich, daß die Gelenke krachten. Das Blut strömte langsam wieder vom Haupte in die Glieder zurück. Noch zitterten alle Fibern und Fasern seines Leibes nach, die Brust flog noch ungestüm, aber mitten durch das Rasen der Pulse und das Brausen des Blutes kam es auf ihn zu, wie ein unbändiges, jauchzendes Gefühl aller Kräfte des Lebens.

Es war dem Jüngling, als wiche langsam ein lastender Alb von ihm. Die Vergangenheit fiel wie ein Spuk der Nacht von ihm ab, das in verzweifeltem Ringen gerettete Leben verschlang in stürmenden Pulsen alle Ängste und Schrecknisse der letzten Zeit. Er hatte ein Gefühl, als sei er eben erst rein und stark dem Bad der Schöpfung entstiegen.

Verwundert betrachtete er seine Hände. Er sah an seiner Kutte hinab. Alles war beschmiert mit Staub und Schweiß und Geifer. Sein Leib sehnte sich nach einem Bade. Rasch eilte er zu der Tiefe nieder, riß sich die Kutte und alle Hüllen vom Leibe und warf sich aufatmend in die frische, erquickende Flut. In weiten Stößen schwamm er nach einer kleinen schilfbewachsenen Insel und schwang sich auf die Klippe. Das Wasser troff von dem nackten

Leibe. Er reckte sich im übermächtigen Gefühl kraftvollen, muskelstraffenden Lebens. Es gab keine Vergangenheit und keine Zukunft, er war nicht Mönch, nicht Herzogssohn, war nichts als ein schöner Mensch voll geschmeidiger Kraft und fühlte nichts als eine atemengende, jauchzende Lebenslust.

In die Wipfel des Waldes griff ein wühlender Windstoß. Der Jüngling blickte kampflustig auf. Er fühlte Kraft im Überschwang in sich, alle Kämpfe der Welt aufzunehmen. –

Da schlug blaffend ein Hund an. Von der Straße, die jenseits von Teich und Wald sich hinzog, klang jagender Hufschlag.

Deutlich sah Reinald, den Kopf aufwerfend, einen Reiter angaloppieren. Jetzt riß er den Gaul herum, verschattete das Gesicht mit den Händen und spähte scharf nach dem Teiche.

Ein lähmender Schreck durchfuhr den Jüngling, er hatte den Reiter in der Kutte erkannt. Die Verfolger waren ihm auf den Fersen. Mit wildem Gekläff schnoberte der Hund an der Mönchskutte, die Reinald im Ufersande abgestreift hatte.

Jetzt sah Reinald, wie der Reiter sich über den Hals des Gaules vorbeugte, eine Armbrust vom Sattel riß und zielte. Der schimmernde Leib des Jünglings, auf dem die volle Abendsonne lag, bot ein prächtiges Ziel.

Der junge Bursche bäumte sich in jähem Schrecken zum Sprung in die Flut. Da fuhr der Pfeil schwirrend über das Wasser. Mit einem wilden Ausschrei, der gellend durchs Tal schallte, brach der Jüngling in die Knie und sank kraftlos in das Wasser, das sich mit kreiselnden Streifen roten Blutes mengte.

Der Schütze in der Kutte ritt vorsichtig über die Wiesen nach dem Ufer des Teiches, hob sich in den Bügeln und spähte über das Wasser.

Der Hund fiel klatschend ins Wasser, strebte hastig auf die Insel zu und tauchte ans Land, wo der reglose Leib des Jünglings halb im Sande der Insel und halb im Wasser ausgestreckt lag. Kläffend wie ein Bracke, der ein verendendes Wild verbellt, meldete er seinen Fund über das Wasser.

Die Jagd war zu Ende.

Der Überläufer

Der alte Justizrat Vorberg pflegte, wenn man ihn nach Menschen und Dingen fragte, die nur noch in seiner Erinnerung lebten, die folgende Episode zu erzählen.

Bis in die zwanziger Jahre lebte in einem kleinen thüringischen Nest in äußerster Zurückgezogenheit ein pensionierter sächsischer Hauptmann. Die nächsten Nachbarn wußten nichts von ihm, als daß der Graukopf, der fast völlig gelähmt, von einer Verwandten wie ein Kind gepflegt werden müsse, Invalide von Dreizehn sei und eigentlich mehr zu den Toten von Leipzig als zu den Lebenden gehöre.

Das hatte seine Richtigkeit. Aber niemand hätte sagen können, welche furchtbare Verstümmlung ihn unter die Krüppel geworfen habe. In der Tat hatte keine Kugel ihn niedergerissen, kein feindlicher Pallasch ihn gestreift. Mit heiler Haut war er vom Platz getragen worden. Die Schande hatte ihm die gesunden Knochen im Leibe von innen heraus zerschlagen. Das war so gekommen:

Jedes Schulkind weiß, daß in der Schlacht bei Leipzig ein paar tausend Sachsen von Napoleon zu den Verbündeten übergegangen sind. Die großmäuligen Franzosen sagen, daß ihr großer Kaiser nur durch diesen elenden Verrat bezwungen worden sei. Das ist Lirumlarum und steckt nichts dahinter. Wenn eine halbe Million Kämpfer durcheinanderwogen, machen dreitausend Menschlein keinen großen Wellenschlag. Wenn fünfzigtausend Tote das Schlachtglück nicht unter sich begraben, schleppen es ein paar Bataillone nicht davon wie einen Fouragesack. Ein Berg stürzt nicht zusammen, wenn der Frost ein Steinchen herausbricht.

Ich will nicht darüber reden, warum die Sachsen übergelaufen sind. Es sind Menschen gewesen, und also hat den einen dies und den andern das getrieben, und schlechte und gute Gründe sind durcheinandergelaufen wie junge Katzen. Haben die einen gemeint, sie retten dem König das Land, so haben die andern geglaubt, daß drüben die Sonne heller scheine. Die Hauptsache wird gewesen sein, daß langunterdrückter Tyrannenhaß sich endlich Luft machte. Ein Heldenstück ist's nicht gewesen. Der Mensch muß in die Ketten beißen, solange der Sklavenvogt noch die Peitsche in Händen hat, wenn wir ihn bewundern sollen. Ihr König hat von nichts gewußt. Der hat sich von Napoleon nasführen lassen bis zuletzt. Am andern Morgen erst, als zum Rückzug geblasen wurde, hat der Kaiser dem Friedrich August beim *Lever* gesagt, es stünde schlecht mit der Bataille, das Nähere würde ihm Friedrich Wilhelm von Preußen gleich persönlich sagen, er selbst habe keine Zeit dazu. Und kurz darauf hat der betrogene König ganz verdutzt mit abgezogenem Hut vor dem Sieger gestanden, der nicht an die Krempe gerührt hat.

Aber ich will nicht von den Sachsen und ihrem König reden, sondern von dem Hauptmann von Vellin. Das war eigentlich kein Sachse, sondern ein nachgeborner deutscher Adliger aus Schwedisch-Pommern. In den letzten Jahren des alten Fritz war er als blutjunger Leutnant unter höchster Ungnade aus dem preußischen Heeresverband entlassen worden. Eine Schurkerei ist nicht im Spiel gewesen, und der Dummejungenstreich lohnt das Erzählen nicht. Es hat in den Befreiungskriegen manch einer sich noch unter preußischen Fahnen Lorbeeren geholt, dem es unter dem Alten einst nicht besser ergangen war. Leberecht Blücher ist auch darunter gewesen. Aber solches Glück hatte dem Leutnant von Vellin nicht geblüht. Arm wie eine Kirchenmaus hat er seinen adligen Degen in eine sächsische Scheide gesteckt und unter Friedrich August sein Heil versucht.

Bei Jena hat er noch einmal Seite an Seite mit seinen alten Kameraden fechten dürfen, dann mußte er's Stirn gegen Stirn. Wie es in seinem Herzen rumort hat, als die Sachsen gegen die Preußen zogen, danach hat niemand gefragt. Der sächsische König hat befohlen, und der sächsische Offizier hat seine Schuldigkeit getan. Damit basta. Viel Dank hat er nicht gehabt, aber ein langsames Avancement. Als Graukopf noch hat der Pommer die abgetragenen Hauptmannsepauletten auf den Schultern gehabt.

Da ist der Völkerfrühling 1813 mit Macht über die deutschen Lande gekommen. Und auch in dem alten Pommernherzen sind wuchernde Triebe aufgegangen, aber sie haben mehr als Dornen getragen, die ihm inwendig die Brust zerstachen. Nicht einmal die Gedankensünde hat er sich durchgehen lassen, auf die Niederlage seines Königs zu hoffen. Und als er das brennende Gefühl doch nicht in sich austreten konnte, hat er's wie ein Brandmal auf seiner Soldatenehre empfunden. Niemand hat ihm ansehen können, daß er im Innern ein Rebell gegen den König war, auf dessen Fahnen er eingeschworen war. Ingrimmig hat der baumstarke Mann seine Pflicht auf dem Stiernacken getragen und hat seinem Herzen kein gutes Wort gegönnt. So ist's gekommen, daß die anderen, denen das Blut die rebellischen deutschen Wünsche skrupelloser durchs Herz trieb, sich vor ihm verschlossen. Und als es vor Leipzig nach den Stürmen der ersten Schlachttage in den Lagerfeuern abgekartet wurde, daß man mitten im Feuer zu den deutschen Brüdern über- gehen würde, wenn der Herrgott günstige Stunden auf der Schlach- tenuhr zeigte, hat kein Raunen den Weg zu seinem Ohr gefunden. »Den Vellin müssen wir mitreißen oder umreißen«, hat einer der Kameraden von ihm gesagt. Der verschlossene Mann galt allen als Preußenfresser.

So hat der Hauptmann von Vellin andern Tags vor Paunsdorf ge- legen und seine Pflicht getan. Ein großer Schlachtengott ist er sein Lebtag nicht gewesen und die tosende Sprache der Völkerbrandung in der weiten Ebene hat er nicht deuten können. Ihm genügten die paar Quadratfuß Erde, auf die ihn Pflicht und Ehre stellten, und dort stand er breitbeinig und ohne zu wanken. Daß es in ihm immer wilder und wilder tobte, konnte ihm keiner ansehen. Er vermochte sich's wohl nicht mehr zu verheimlichen, daß er keinen glühende- ren Wunsch habe, als daß jetzt, jetzt ein preußischer Grenadier mit rauschender Fahne über seine Brust vorwärtsstürme, aber er hätte mit Bärenfäusten um die Adlerstandarte für seine Soldatenehre gerungen. Mit aufeinandergebissenen Zähnen feuerte er unermüd- lich und wild seine Sachsen zum äußersten an. – –

Da plötzlich brach das Unerhörte unvorbereitet und betäubend über ihn herein. Das Feuer der sächsischen Linien schwieg. Die Musikkorps spielten. Die Offiziere sprengten vor die Front. Kom- mandos klangen. Die Reihen schwenkten ein wie zur Parade. Die Gespanne rissen die Geschütze aus den Verschanzungen. Die säch- sischen Bataillone gingen mit fliegenden Fahnen zu den Befreiern Deutschlands über. Der Hauptmann von Vellin preßte die Fäuste krampfhaft gegen die Brust. Er verstand nicht, was um ihn her vor- ging. Irgend jemand schrie neben ihm: »Vorwärts für Deutschland!« Irgend jemand riß ihn am Arm vorwärts. Da klang der Ruf wieder.

Tausende schrien ihn stürmisch, trotzig und jauchzend in das Getümmel.

Nun verstand er. Alles Blut schoß ihm zu Kopfe. Aber er wehrte sich nicht. Taumelnd wie im Traum schritt er vorwärts. Er fühlte die Erlösung. Er konnte sie fühlen, weil er sie nicht gerufen hatte. Sie war da und vergewaltigte ihn. Er desertierte nicht. Etwas Gewaltiges begab sich, das der Einzelne nicht verantwortete. Ein Einzelner kann desertieren, hier war kein Einzelner. Hier waren Tausende. Hier war ein Volk. Ein Volk desertiert nicht. Ein Volk hält Gottesgericht. – –

»Vorwärts für Deutschland!« Wie ein Rausch kam es über den Graukopf. Er übersah nicht, was sich zutrug. Das Ereignis wuchs ihm ins Riesengroße, Ungemessene. Ein Elementarereignis brach über die Franzosen herein wie eine Sintflut oder ein Erdbeben – ungerufen, ungeachtet und unwiderstehlich.

Der Hauptmann von Vellin war mit einem Mal wieder jung. Er war nicht mehr der sächsische Hauptmann. Dort flogen die preußischen Adler durch Rauch und Blut. »Vorwärts für Deutschland!« Der Leutnant des großen Friedrich war erwacht und hatte den sächsischen Hauptmann niedergerissen. Mit wildklopfenden Pulsen ließ er sich vorwärtstreiben.

Da kamen die Tausende vor Bennigsens Linien ins Stocken. Adjutanten sprengten herüber. Ein hoher Offizier preschte heran. War er ein Preuße? Ein Russe? War es Bennigsen selbst? Sein Arm fuhr mit befehlshaberischer Geste durch die Luft. Kommandoworte schallten. Ein Ruck ging durch die zusammengedrängten Reihen der Sachsen. Ein Murmeln lief durch die Massen. Erregt, zornig, entrüstet, erbittert klangen hundert Stimmen durcheinander.

Was ging da vorn vor?

Der Hauptmann von Vellin stürzte vor. Leidenschaftlich erregt drängte er sich in den Kreis der Kommandierenden. Was ging hier vor?

Da hörte er ein paar Worte. Nur ein paar aus dem Zusammenhang gerissene Worte, aber sie sagten alles. Ein sächsischer Major hatte sie gesprochen und zornig dabei die Degenscheide auf die

Erde gestoßen: »Sind wir Hundsfötter!? Hinter die Linien? Nicht mitkämpfen dürfen – es ist ...«

Hauptmann von Vellin hörte nichts weiter. Alles verschwamm um ihn. Er wußte genug. Man achtete sie nicht wert, Seite an Seite mit ehrlichen Soldaten zu kämpfen. Sie waren Überläufer, Ausreißer, kriegsgefangene Deserteure, Hundsfötter ...

Er fühlte keinen Augenblick etwas von dem wogenden Zorn, der in den andern aufschwoll. Er empfand die Beschimpfung, den Schlag ins Gesicht wie sie, aber es peitschte ihn nicht auf, es zerschmetterte ihn. Jäh ernüchtert fühlte er die Züchtigung, gegen die er wehrlos war wie ein Schandbube vor dem Büttel.

Der wilde, tolle Traum war vorüber. Es war kein Volk mehr um ihn, das Gottesgericht hielt. Die brausende, gewaltige Masse schmolz zu einem Trüpplein zusammen. Ein paar tausend Gefangene, weiter nichts. Der Leutnant des alten Fritz war wieder ins Nichts zerblasen. Hier war nur noch ein ehrvergessener sächsischer Offizier, den man hinter die Kombattanten abschob.

Der Hauptmann von Vellin fühlte, wie etwas Furchtbares, Tödliches sich aus seiner innersten Brust fressend heraufwühlte. Die Schande packte ihn mit klammernden Fäusten an der Kehle und erwürgte ihn. Ein widerwärtiger Blutgeschmack quoll in der Gurgel auf. Keuchend krallte er mit beiden Händen in den Uniformkragen, sich Luft zu schaffen. Nacken und Gesicht waren blutrot und gedunsen. Taumelnd brach der mächtige Mann in sich zusammen und schlug krachend, im Sturz Degen und Scheide zerschmetternd, zu Boden. Ein paar Kameraden hoben ihn auf und trugen ihn hinter Bennigsens Linien zurück. Das Gesicht des Hauptmanns war aschfahl, fast schwarz, als stünde unter der Haut geronnenes Blut. Vergebens suchte der Feldscher nach einer Verwundung. Ein Schlaganfall hatte den Riesen niedergeworfen.

Der Hauptmann von Vellin lebte nur noch auf, um als Krüppel hinzusiechen. Er blieb Zeit seines Lebens gelähmt.

Das Gebet für Jérôme

Eine lustige Geschichte zum Hohenfriedberger Marsch

Ein erzwungenes Seelenhirtenwerk nahm durch keck dreinpfuschende Mädchenhände im November des Jahres 1807 in der Dorfkirche zu Rotenbruch in der Magdeburger Börde ein schnödes und gewalttätiges Ende, das ein Erzählen wohl lohnt.

Während über Kiefern, Ginster und Heide die Herbststürme brausten, hatte Napoleon seinen Bruder als Westfalenkönig in den altpreußischen Besitzungen eingesetzt. Statt Friedrich Wilhelm hieß es fortab Hieronymus oder Jérôme, und ein Klang war so fremd wie der andere.

Schon als im Juli während des Provisoriums die altherkömmliche Fürbitte für Friedrich Wilhelm aus dem Kirchengebet getilgt wurde, hatte der Rotenbrucher Pastor Martin Riedel, ein junger Bauernknorren, grimmig gemeint, das sei eine Beschneidung und keine Taufe, und er sei sich zum Rabbiner zu schade. Das Wort hatte ihn über die Elbe getrieben, und von Kassel her war Herr Werner Höding, ein geschmeidiger Gottesknecht in mittleren Jahren, gekommen, der sich besser auf die neue Zeit verstand.

Im November nun lernte auch Herr Werner Höding das Seufzen. Die Novemberstürme streichen von Nord und Ost über die Börde und fegen mit schneidendem Brausen von jenseits der Elbe her. Sie fegten auch über die Elbe, seit sie zur Grenze hatte werden müssen, und in ihnen fuhren Staub und Keime wirbelnd von Preußen nach Westfalen, ohne sich um Zoll und Grenzrevision zu scheren. Bläst einem der Wind Staub in Augen und Lungen, so gibt es ein Reiben und Räuspern, das weiß ein jeder. Ein solches Räuspern hatte sich auch in Rotenbruch erhoben. Und darum war von Kassel her Herrn Werner Höding eine Verfügung ins Pfarrhaus geflogen; die strich als welsches Lüftlein gegen den rauhborstigen Ost. Es schiene eine kirchliche Vermahnung gegen den aufsässigen Geist wohl angebracht, hieß es darin, und der Evangelientext »Ein jeglicher sei untertan der Obrigkeit, die Gewalt über ihn hat« sei ein gutes Textwort, das man hervorsuchen möchte, ehe es verstaube.

Herr Werner Höding schwamm nicht gern gegen den Strom. Mußte es aber sein, so schwamm er lieber gegen den Strom als gegen das Weltmeer. Das Weltmeer brandete von Kassel, der Strom brauste von Rotenbruch. Die Wahl war peinlich, aber nicht schwer.

Immerhin hielt er's für besser, vorher nicht zuviel Wesens von der Verfügung zu machen und die Gemeinde lieber von der Kanzel her zu überrumpeln. Es spricht sich besser, wenn man allein spricht, und ein Schuß Öl würde die Wogen schon sänftigen.

Nur den alten Lehrer König, einen ortseingesessenen Greis, zog er vorsichtig und vertraulich zu Rate, leider mit dem Erfolg, daß der Alte sich am Sonnabend krank meldete und für den Orgeldienst entschuldigen ließ.

Pastor Höding wußte Rat. Im Nachbardorf half zuweilen des Amtsbruders Töchterlein Gertrud, eine schlanke, blonde Schönheit, auf der Orgelbank aus. Wenn sie's in Grundlau tat, warum nicht auch einmal in Rotenbruch, zumal sie ihm nicht fremd war? Wer weiß, hätte sie nicht vordem eine unglückliche Liaison mit seinem nun über die Elbe gejagten Amtsvorgänger gehabt, sie wäre wohl heute schon vor Gott und den Menschen seine Braut! Das Wort des Vaters hatte er schon halb, seinen Anteil an dem Herzen der Geliebten selbst freilich wagte er noch nicht in Bruchteilen auszudrücken; es wäre ein unendlicher Dezimalbruch geworden, der über die Elbe ins Weite lief. Vielleicht war die Stunde von Gott geschickt, das spröde, törichte Herz durch ein überzeugungskräftiges Wort zu erweichen und zu beweisen, daß milde, liebevolle Klugheit keine Verachtung verdiene.

Herr Werner Höding tat keine Fehlbitte. Gertrud sagte den erbetenen Dienst, dem väterlichen Wink gehorsam, gleichgültig zu.

Leider beging das Mädchen das Ungeschick, vor dem Gottesdienst den kranken Lehrer, der auch ihr einst Lesen und Schreiben und später, mit dem vertriebenen Martin zusammen, die Elemente der Musik beigebracht hatte, aufzusuchen. Schlimmer noch war's, daß sie ihn gesund, und am schlimmsten, daß sie ihn trotzig und polternd offenherzig fand und den verschwiegenen Anlaß ihrer Stellvertretung erfuhr.

»Der große König«, krakeelte der Greis, »hat mir altem Dragoner nach meiner Blessur bei Hohenfriedberg nicht darum den Schuldienst verschafft, daß ich jetzt der Gemeinde mit Gottes Musik den Judaskuß gebe, wo sein Fleisch und Blut im Unglück lebt!«

Gertrud wäre beinahe in mädchenhaftem Zorn über Pastor Hödings unaufrichtige Heimlichkeit umgekehrt, aber zur rechten Zeit erinnerte sie sich des Vaters, und ihr Widerspruch beschränkte sich auf einen kalten und verächtlichen Blick, mit dem sie an Höding vorüber durch die Sakristei zur Orgelempore schritt.

Das Präludium zum Eingangslied fiel kurz und unerbaulich aus. Ungnade kargt, und auf der Orgelbank saß ein zorniger Engel, ganz und gar von kalter Ungnade erfüllt. Die Töne sickerten wie kalte Tropfen zwischen ihren Fingern vor und erstarrten gleichsam zu sprödem, hartklingendem Eis. Es war ein seelenloses Stümpern, das mit grausamer Absichtlichkeit auf Werner Hödings Herz zielte.

Das Eingangslied verklang. Die Liturgie nahm ein Ende. Das Evangelium war verlesen.

Ein Räuspern lief durch die Kirche. Die Gemeinde stand auf, das Textwort zu hören. Die Weiberröcke rauschten auf den roten Ziegelfliesen und den braunen Holzbänken des Kirchenschiffs. Die Männerköpfe erschienen kantig, grauhaarig, rotbraun und strohblond über den Ballustraden der Empore.

»Ein jeglicher sei Untertan der Obrigkeit, die Gewalt über ihn hat.«

Hä –? Die Köpfe auf den Bänken der Dorfburschen gingen mit einem harten, schroffen Ruck in die Höhe. Bedächtig hoben sich die Gesichter der alten Bauern, auch sie waren vom Mißtrauen durchgepflügt, und es stand in ihnen ein Stutzen und Drohen, wie abwartender Trotz nach einer Kampfansage. Hier und da glomm in ein paar grauen Männeraugen ein Wetterleuchten auf und hellte ein paar scharfe, böse Linien in den harthäutigen und rissigen Gesichtern auf. Hier und da klumpten sich ein paar erdfarbene Fäuste auf der Holzbrüstung zusammen. Hier und da drehte sich ein Weiberkopf aus der Tiefe des Kirchenschiffs ängstlich und neugierig nach den Ständen der Männer empor.

Die Gemeinde saß nieder, aber nicht mit dem geschäftigen Rauschen und Räuspern wie gewöhnlich, sondern in drohender und ungewohnter Stille. Hier und dort mußte ein Bursch oder Bauer, der mit aufgerissenen Augen und offenem Munde noch immer stand, vom Nachbar niedergezupft werden.

Kampfstimmung lag über der lauernden und schweigenden Bauerngemeinde.

Herr Werner Höding fühlte es, doch er wußte sich überlegen gerüstet.

Gertrud fühlte es auch, und ihr Herz freute sich und war streitlustig und trotzig.

Pastor Höding aber sprach maßvoll und mit klugem Ernst. Seine Rede war abgewogen und gut.

Eine klotzige Dummheit, ein hilflos-verlegenes Gewäsch wäre besser gewesen; ein zorniges, höhnendes Lachen tut eine Sache ab, und ein spöttisches Sichweiden an ratloser Erbärmlichkeit tut's auch. Aber Pastor Hödings Rede war weder grob zupackend noch verlegen umhertastend, sie war väterlich ernst und mütterlich liebevoll, er verstand alles, tadelte nichts, drohte nicht, riß nichts höhnend und hoffärtig in den Staub, er mahnte nur und litt sichtlich und fühlbar unter den Sorgen seiner Gemeinde. Er stand wie ein treuer Eckart zwischen dem fremden Heer und den fürwitzigen Kindern. Er stand zu ihnen, wenn auch als Warner. Er tadelte nicht ihr Herz, nur ihre Offenherzigkeit. Sein bartloses Gesicht, fest und voll zugleich, war von Biederkeit und Herzenstreue übersonnt. »Der falsche Komödiant!« dachte Gertrud, »der Rabbiner!« Wie anders würde Martin reden! Dagegen konnte Herr Werner Höding schwer aufkommen.

»Ein halber Kerl!« dachten auch die Bauern. Das Textwort war ein Kampfruf gewesen, die Predigt war ein fauler Friede. Der Feind stellte sich nicht, nachdem er zum Streit geblasen. Die Rede enttäuschte. Der Groll konnte sich nicht entladen und verschlug nach innen, wie einem, der eine Maulschelle erhalten hat und, ehe er zurückschlagen kann, mit tausend Komplimenten belehrt wird, er sei nicht gemeint gewesen.

Die Rede rann und rann.

Gertruds Gedanken flogen abseits.

War es nicht grundfalsch von ihr, daß sie hier saß und die Musik aufspielte zum Phrasentanz und Wortgeklingel dessen, der des armen, ehrlichen Martins warmen Platz einnahm?

Martin! Wo war er? Warum schrieb er nicht?

Hier hatten sie vor Jahren Orgelspiel und Gesang gelernt, ein vierzehnjähriges Mädchen und ein siebzehnjähriger Junge. Nebeneinander hatten sie auf der Brüstung gehockt, hinter dem Rücken des tief über seine Klaviatur gebeugten alten König.

Ein Lächeln, durch das ein Seufzer huschte wie ein Schwalbenschatten durch sonnenzitternde Luft, flog über Gertruds Züge. Hinter seinem Rücken? Jawohl, bis sie einmal beide falsch einsetzten, und ihre Hände auseinanderflatterten, als der Alte stutzend den Kopf wandte. Seitdem hatten sie rechts und links der Orgel gestanden unter den Augen des schmunzelnden Greises, der die Tonwellen zwischen ihnen aufsprudeln ließ zu vollem Strom. »Unsern Grenzstrom« hatte Martin die Musik des Lehrers genannt und leise dazu gesummt: »Sie konnten zusammen nicht kommen, das Wasser war viel zu tief...« Aber, ach Gott, er war kein falsches Nönnlein gewesen, der Alte, nein, ach nein ... Er war eher eine gutmütige Brücke gewesen ...

Was hatte er ihnen beiden hier nicht alles erzählt! Märchenhaft schnurrige Kindheitstage und Kriegserinnerungen, die aus der Asche von sieben Kriegsjahren ungebändigt aufloderten wie ein unstillbarer Brand ...

Mit welcher Kraft und Fülle waren seine Worte begabt! Wie ein aufgeschlagenes Bilderbuch war der Greis zwischen dem Mädchen und dem Knaben gewesen, selbstvergessen und von den Kindern vergessen!

Barhaupt und mit sturmzerteiltem, breit nachwallendem Graubart, zwei österreichische Fahnenfetzen in der blutig verbundenen Faust, mit lodernden Augen unter buschigen Brauen, so hatten sie ihn leibhaftig mit dem von sechzig eroberten Feindesfahnen prahlend überrauschten Dragonerregiment Ansbach-Bayreuth auf mächtigem Rappschimmel an seinem König, an Friedrich dem Einzigen, vorüberziehen sehen, während er sprach. Denn nie hatten sie ihn in

Gedanken verjüngt, wenn er erzählte; war er doch dann so jung, daß man ihn sich nicht jünger hätte denken können.

Nie würde sie vergessen, wie er mit überflutenden Augen, jäh sein Schildern abbrechend, ihr erglühendes Haupt an sich zog und sie zwischen den Augen küßte, als sie, ganz in sein Erzählen verträumt, leise auf den Orgeltasten den Hohenfriedberger intoniert hatte, ohne es selbst recht zu wissen.

»... Auf Ansbach-Bayreuth!...
Auf Ansbach-Bayreuth!...«

Da war es wieder, das Bild, sagenhaft mächtig: schlachtzerzauste Reiter unter schwerwallenden Regenbogenwolken eroberter Standarten und Goldfahnen vor ihrem Schlachtgott vorüberprunkend, voran die Wodansgestalt des alten König, neben ihm ein jubelheißes Jünglingsgesicht ... Martin! Martin! Ach Martin ...!

Drunten auf der Kanzel stand Herr Werner Höding.

Herrn Werner Hödings Gesicht hatte sich leicht gerötet. Auch er stand wie ein Sieger über der Gemeinde. Seine Wortkolonnen waren aufmarschiert wie Regimenter, die Menge überflutend und umzingelnd.

Gertrud sah die feiste Röte eines zufriedenen Spießers, sein »Amen!« klang ihr wie ein behäbiges »Mahlzeit!«

Das Mädchen schrak auf.

Jetzt begann das Kirchengebet, das sie mit leisem Orgelspiel begleiten mußte.

Die weißen Mädchenhände legten sich unwillkürlich spielbereit auf die fahlen Tasten. Aber Gertruds Herz war rebellisch und trotzig. Die ausgestreckten Hände wurden ohne ihr Wissen zu Fäusten.

Herr Werner Höding schaute mit freundlich mahnendem Erstaunen zu der Geliebten auf, die noch in seine Worte versunken war.

Ja, schaue du!

Dann spielte sie doch. Nur etwas zu laut spielte sie.

Herr Werner Höding steigerte die Stimme.

Hätte er's doch nicht getan!

Was er jetzt laut und energisch, mit leise durchzitterndem Ärger sprach, war das Kirchengebet. Hätte er leiser gesprochen, vielleicht wären die zwei Worte, welche die in Gertrud aufgespeicherte Spannung zur Entladung brachten, nicht an des Mädchens Ohr gekommen.

Es waren nur zwei Worte ... »König ... Hieronymus ...«

Jäh glitten Gertruds Hände von den Tasten.

»Verräter, wer dazu aufspielt!« blitzte es in ihr auf.

»Verräter, wer die Worte ausspricht!«

»Verräter, wer die Worte anhört!«

Ein tückischer, verzweifelter Zorn flackerte in ihr auf. Wenn sie jetzt ...

Durch die Gemeinde lief ein Wispern und eine rauschende Bewegung, als das Orgelspiel abbrach. Hier und dort stand einer auf und starrte.

Die Stille unterstrich jedes Wort des Gebets wie ein unsichtbarer, kalter und erbarmungsloser Griffel.

Herr Werner Höding witterte Gefahr und ballte, die stumme Aufsässigkeit zu erdrücken, so viel Willen und Festigkeit in den Klang seiner Worte, als er vermochte.

» ... König ... Hieronymus ...«

Gertrud preßte beide Hände auf das flatternde Herz. Wenn sie jetzt ... Wenn es jetzt von der Orgel her in das verräterische Gebet wie eine Stimme von oben klänge ...

> » ... Auf Ansbach-Bayreuth! ...
> Auf Ansbach-Bayreuth! ...«

Gertruds Herz flog. Ihr Gesicht war lakenweiß vor Erregung. Ihre Hände waren eiskalt. Wenn sie jetzt ... Hilflos dumm und verblüfft würde er dastehen, der glattzüngige Gleißner. Der Gedanke war süß und lockend. Oh, wie sie ihn haßte! Wie würde Martin jauchzen, wenn er's hörte! Ihre fliegenden, zitternden Finger deuteten, unter dem Bann einer tollen Versuchung, die Melodie über den Tasten an.

Wenn sie jetzt... der Gedanke lief ruhelos und kalt wie eine Quecksilberkugel durch ihr Herz, jetzt zum Entschluß geballt, jetzt wieder in tausend sich fliehende Teilchen zerstäubend, jetzt wieder zusammenfließen... Wenn sie jetzt... Es wäre alles aus... Der Vater, der Vater!

...Um Gottes willen! ...Herrlich wäre es, herrlich! ...Ja ...nein! ...Doch!...

Ach was! Zähne zusammen! Ich kann nicht anders! ... König... Hieronymus...

Die Finger brachen, wie vorwitzige Kinder durchs Eis, in die Schneeschicht der Tasten.

Die Orgel dröhnte... dröhnte machtvoll.

»... Auf Ansbach-Bayreuth! ...
Auf Ansbach-Bayreuth! ..
Schnall' um deinen Degen und rüste dich zum Streit!«

Gertruds Herz tobte. Die Tränen stürzten ihr aus den Augen. Ihr Leib wurde von krampfhaftem Schluchzen erschüttert. Frost- und Hitzeschauer jagten sich. Ihre Jungmädchenhände waren eiskalt und berührten die Tasten steif und fast ohne ein Gefühl der Berührung. Sie spielte mit der Kraft der Verzweiflung. Sie streute die Drachensaat der Töne aus, als wüchsen sie, ein gepanzerter Wall, um sie herum, durch den kein Gedanke, kein Gefühl und keine Reue hindurchdränge. Es gab kein Zurück mehr. Durch! Durch!

»Prinz Heinirch ist erschienen auf Striegaus sonn'gen
Höh'n,
Die preußischen Truppen in Parade zu sehn...«

Kopf an Kopf standen sie drunten und droben, verdutzt, verblüfft, aufgescheucht, emporgeschreckt, ratlos, schadenfroh, zornig, gerüttelt von dem Unerhörten.

Herrn Werner Höding schloß ein Krampf Lippen und Herz. War das Chaos entfesselt? Er raffte sich zusammen. Er schrie. Er blieb unverständlich in dem brandenden Durcheinander der widerstreitenden Rufe und Schreie. Nur der dröhnende Marsch der Takte des »Hohenfriedbergers« überschallte alles.

»Schon tönt von den Höhen ein Morgengruß.«

Jeder Ton, jeder Takt ein wuchtig niederfahrender, dröhnend aufschlagender Musketierstiefel, vor jedem Stiefel flog ein wirbelnd aus der Bahn geschleuderter Widersacher, in Spott und Schande totgehöhnt, zur Seite ...

Und nun überstürzten sich die Ereignisse toll und grotesk.

In der offenen Kirchentür erschienen mit einem Male, wie aus dem Boden gewachsen, die Patriarchengestalten des alten Lehrers König und seines invaliden Bruders und Schlachtgenossen, der mit ihm hauste. Die beiden hielten sich wechselseitig an den Schultern gepackt und rüttelten einander, als wollte jeder, der andere solle wach genießen und erleben, was der Tag zu erleben gönnte.

Und jetzt fielen sie ein in das Brausen der Orgel, ohne sich loszulassen, mit rauher Landsknechtsstimme der eine, mit vollem, geschultem, tiefgrollendem Grundbaß der andere:

»Der jeden Preußen begeistern muß ...«

Die Bauern und ihre Weiber sahen die beiden zumeist erst, als die Stimmen gewaltig einsetzten.

Mitten unter den Männern auf der Empore fiel plötzlich, von den Herrschertakten des Marsches überwältigt, ein Dritter ein, ein Bauer im Altenteil, den einst nach dem Tage von Kolin der Vater vom Pflug weg zum Alten Fritzen geschickt, der ihn brauchte. Er glaubte, von der gedrungenen Kraft des Triumphmarsches durchrüttelt, vielleicht wahrhaftig, die preußischen Brüder vor dem Kirchenportal aufmarschiert. Vielen ging es so. Ein Raunen ging. »Die Preußen ...? Die Preußen ...? Die Preußen kommen!« kreischte eine Bauerndirne auf. An der Kirchentür staute sich ein Auflauf. Wie der

Trutzgesang schwertgegürteter Nibelungengreise über geduckten Hunnen ging der Schwall durch die Kirche:

>>Drum, Brüder, seid mutig, seid schnell und bereit!<<

Und dann kam das Ende!

Herr Werner Höding suchte das Toben zu übertoben. Er wollte das Feld, koste es, was es wolle, behaupten. Sein und seiner Gemeinde Schicksal stand auf dem Spiel. Er mußte sich durchsetzen.

Er rüttelte an der Kanzelbrüstung, wie ein tobender Mensch an Kerkerstäben. Er schlug schmetternd mit der Faust auf das Bibelbrett. Er rief, er schrie ... >>Ruhe! Ruhe!<<

Die Greise scherten sich so wenig um ihn, wie grauhaarige Burgunderrecken um ein keifendes und belferndes Kaplänlein.

>>Wenn's vorwärts heißt,
Auf Ansbach-Bayreuth!<<

Gelächter klang auf wie unflätiger Hohn. Zeternde Weiberstimmen dazwischen, vereinzelte, kreischende; die meisten Frauen waren zusammengeduckt wie Hennen, über denen der Habicht ist. Und plötzlich gab unter dem Druck des in krebsroter Wut gegen sie anwuchtenden Pastors ein Teil der Kanzelbrüstung splitternd nach – im Kriegsjahr hatten französische Kürassiere die Kirche als Roßstall benutzt – Herr Werner Höding stürzte taumelnd vornüber, klammerte sich im Sturz an ein paar morsche Planken, die unter dem Anprall auch zusammenstürzten, und die ganze Kanzel, ihrer baufälligen Stützen beraubt, krachte unter einer Wolke von Staub zusammen.

Gertrud erschauerte unter krampfhaftem Lachen und Weinen. Sie saß, von den brausenden Wasserkünsten ihres Spiels rings flutend umrauscht, wie unter einer tönenden, durchsichtigen Glocke, und sah durch diesen Schleier und ihre eigenen Tränen hindurch doch alles, was sich begab... Der unglückliche Prediger sammelte sich unter Trümmern auf und raffte sich empor.

Die drei unbotmäßigen Greise sahen den Sturz des Feindes... Viktoria! Nichts anderes hatte in ihrer Brust Raum.

»Auf Ansbach-Bayreuth!
Auf Ansbach-Bayreuth!
Schnall' um deinen Degen und rüste dich zum Streit!«

Siegesjubel war das, brustzerspellender, trotziger Siegesjubel!

Mit einem Male fühlte sich das halbbetäubte und sinnlos erregte Mädchen umfaßt, und ehe sie sich besinnen konnte, hatte sie der alte König mitten auf den Mund geküßt. Mit Jünglingskräften lud der Greis das willenlose, krampfhaft bebende Kind auf seine Schultern und trug sie im Triumph, während die beiden andern Graubärte wie Ehrenherolde Bahn brachen, durch die glotzende Menge. Wate und seine sturmzerrauften Gesellen können Gudrun nicht grimmiger und königlicher zu Schiff geleitet haben, als die Greise es Gertrud taten.

Für einen Unbeteiligten, der seiner Sinne beschaulich Herr war, wäre es ein anmutiges Bild gewesen: das schlanke, in seiner unbeschreiblichen Bewegung ekstatisch schöne Mädchen mit den erregungsdunklen Blauaugen im weißen Gesicht, eine visionär entrückte Priesterjungfrau, von der Begeisterung der bärtigen Greise wie eine schilderhobene, blonde Königin durch das Getümmel der starrenden Menge prahlend und ehrfürchtig getragen. Wahrhaft voll heimlicher Schönheit war dieser Menschenwinter unter der holden Last jungfräulichen Frühlings.

Aber es gab niemand, der mit so stillen und genußfrohen Augen das blonde Mädchen im hellen griechischen Hängekleid mit seiner Gefolgschaft teutonischer Bären gesehen hätte...

Die Menge sah sich plötzlich von allen guten und bösen Geistern verlassen. Der Prediger war in der Sakristei verschwunden. Die rebellischen Greise hatten ihren Raub über die Kirchenschwelle getragen und waren, mächtig und trotzig ausschreitend, der neugierigen Menge im Lehrerhause entschwunden.

Gerade in dem Augenblick bog in behaglichem Schlendergange der alte Pastor von Grundlau auf den Kirchplatz ein, der über die Stoppelfelder herüberkam, sein Töchterchen abzuholen und mit ihr durch den lachenden Sonntagsmorgen heimzuspazieren.

Da sah er die Greise mit ihrem Raub ausschreiten. So wie ihm muß in Urzeiten einem germanischen Hausvater zumute gewesen sein, der wehrlos schauen mußte, wie sein Fleisch und Blut von reisigem Volk geraubt und entführt wurde. Waren die Steinzeitunsitten des Brautraubs wiederhergestellt?

Der Trupp der drei Männer war im Lehrerhause verschwunden. Der Platz lag leer. Der Pfarrherr von Grundlau stand betäubt und ohne Atem. So stand Hildes Vater einst am leeren Gestade des Meeres.

Dann raffte er sich zusammen und wuselte in zornig stelzendem Stolperschritt den Entführern nach.

Die verlassene Menge in der Kirche verharrte noch eine Weile, von dem Unerhörten betäubt, in dumpfem Starren und Schweigen wie die Hirten auf dem Felde, nachdem Gottes Engel wieder in die Wolken des Himmels zurückgetaucht waren.

Dann öffneten sich die Schleusen ihrer verschütteten Worte und verstopften Herzen. Wie ein Wildbach überschwemmte die Gemeinde, Männer, Frauen und Kinder, den Dorfkrug.

*

Hier ist die Geschichte zu Ende, wenn sie für die Beteiligten auch erst eigentlich begann.

Immerhin, es ging alles glimpflicher, als man hätte glauben sollen. Man sollte nicht meinen, daß eine Revolution sich totschweigen ließe, und doch geschah es. Und darin ist vielleicht die Kirchenrevolte von Rotenbruch einzig in der Welt.

Zwar zerstampfte Pastor Höding im Zorn manchen Federkiel auf weißem Papier, aber es wurde kein Bericht daraus. Der Kirchenpatron, dessen Jungen mit zuckend verhaltener Lust aus ihrem Kirchenstuhl heraus den Tumult miterlebt hatten, legte sich schmunzelnd ins Mittel und verschaffte allen Parteien Genugtuung. Die drei aufsässigen Greise brachte er, ihrer Kraft und Begabung entsprechend, auf rechtselbischen Besitzungen seiner Familie in Ämtern und Pfründen unter. Den tobenden Pfarrherrn von Grundlau söhnte er mit seinem Töchterlein aus, so daß es nicht zu Kindesmord und Verstoßung kam, wie es kommen mußte. Es war satt und übergenug des Heidenwerks geschehen. Das Kanzelgestühl ließ er auf seine Kosten prächtig wiederherstellen und gab nach der nächsten Predigt dem Pastor eine kleine Genugtuung, indem er mit der ganzen uradligen Familie im Patronatsstuhl aufzog und Herrn Werner Höding vor versammeltem Volke wiederholt die Hand schüttelte.

Gertrud freilich hatte sich über die Elbe gespielt. Das stand fest. Und das schlimmste war, für sie wußte der mit tausend einflußreichen Beziehungen gesegnete Kirchenpatron und Edelmann in der ganzen Welt keine andere Unterkunft als im Pfarrhause des Pastors Martin Riedel weit drüben im Brandenburgischen.

Als das unverrückbar feststand, fand sich durch ein Wunder im Schreibtisch des Pfarrhauses von Grundlau ein Bündel leidenschaftlicher Briefe des Pastors Riedel, die bisher verschollen und verschwiegen geblieben waren und sich jetzt als sehr geeignet erwiesen, die notwendige Übersiedlung der unheiligen Cäcilie von Rotenbruch ins Land der Preußenmärsche vorzubereiten.

Ein Jahr darauf hämmerte im brandenburgischen Pastorenhause ein von Herzensjubel und Verrücktheit gebeutelter junger Vater mit Berserkerbegeisterung die Takte des Hohenfriedbergers auf seinem Mahagonispinett als Triumphmarsch zum Einzug eines in Windeln gewickelten Preußenkindes.

»... Prinz Heinrich ist erschienen ...«

Martin Riedel sprang auf und brach mit der behutsamen Raserei eines gutgelaunten Tobsüchtigen in die Wohnstube ein. »Gertrud! – Gertrud, nun weiß ich's, Gott sei Dank! Heinrich muß er heißen!«

Martin Kettlers Opfer

In einer rheinischen Garnison fanden sich, als in den Sturmtagen des Juli 1870 mobil gemacht wurde, einige eng befreundete junge Husarenoffiziere im Hause der Familie eines Kameraden zur Abschiedsfeier zusammen. Auch Angehörige aus näherer und weiterer Ferne waren herbeigeeilt und saßen nun in zwiespältigen Gefühlen um die lange eichenlaubgeschmückte Tafel, auf deren weißen Damast heute, ohne daß es die Hausfrau merkte, bei zornbegeisterten Toasten mancher Tropfen roten und goldnen Rebenblutes gespritzt war. Der Abend rückte heran, und die Erregung der jungen Menschen wurde leidenschaftlich und wild.

Da nahm, fast zuletzt, ein alter weißbärtiger Freund des Hauses, der schon seit Jahren nicht mehr amtierende Arzt Dr. Wagner, noch einmal das Wort und zwang mit einer Erzählung aus alten Sturmtagen die Stimmung wieder in ernstere Bahnen. Der alte Weißbart, der auf altväterisch geschnittenem schwarzen Rock das Kreuz von 1813 trug, verschaffte sich mit seiner ruhig-ernsten, an tausend Krankenbetten geschulten Stimme in dem Aufruhr der Jungen mit den ersten Worten eine ehrerbietige Stille.

»Meine jungen Herren, manche wilde Völker – und wir Alten sitzen ja hier herzklopfend unter Ihnen wie inmitten eines wilden, kampftrunkenen Volkes – glauben, daß die Schatten ihrer Altvordern vor ihnen her ins Getümmel ziehen. Wir Menschen der neuen Zeit sind so klug geworden, daß wir davon nichts mehr wissen wollen. Nur manchmal, wenn die Leidenschaft in uns wühlt, vergessen wir unsere Weisheit und müssen glauben, was wir fühlen. Darum haben Sie Nachsicht, wenn ich alter Mann, der schon mehr den Toten als den Lebenden angehört, heute noch etwas wie Totenbeschwörung treibe und Schatten heraufrufe, die einst mit mir Fleisch und Blut waren. Ich bin heute töricht genug zu glauben, daß sie unsichtbar vor Euch Jungen herziehen. Und jedenfalls ist's das Beste, was ich alter Invalide Ihnen mitgeben kann. Wollen Sie mir eine Weile zuhören?«

Blicke und Worte drangen bittend in den Veteranen. Da fuhr er fort.

»Wir saßen in den ersten Maientagen des Völkerfrühlings 1813, eine Runde junger Studenten, die freiwillig den Rock des Königs trugen und in aller Eile in dem ABC der Kriegskunst ausgebildet wurden, ehe wir auf den Kriegsschauplatz abgeschoben werden konnten, in ähnlicher Stimmung wie Sie heute auf einer Studentenbude in Berlin bei Weißbier und Tabak beisammen, redend, singend, politisierend und trinkend. Ein Toast überjauchzte den andern, und die Begeisterung schwoll auf und schlug uns übermächtig über den Köpfen zusammen.

Diese Sitzungen gingen unter uns Kameraden reihum, und diesmal waren wir bei einem jungen Theologen, Ernst Junge, zu Gast. Nun wohnte da im selben Hause, ohne daß ich und die andern – der Junge ausgenommen – davon wußten, noch ein anderer Student, ein Jurist, kein Preuße, sondern ein junger sächsischer Edelmann Martin Kettler. Der ging damals in unsern schönsten Tagen durch eine harte Zeit.

Dem jungen Menschen lebte eine zärtliche Mutter in einem wundervollen Rokokoschloß an der Elbe vor den Toren von Dresden. Sein von ihm schwärmerisch geliebter Bruder Heinrich war als sächsischer Offizier mit der großen Armee nach Rußland gezogen. Stürmischtapfer und abenteuerlich, dabei kosmopolitisch und wie so viele andere für das Genie des Einen, Großen, Unüberwindlichen begeistert, war er auf den Schneefeldern vor Moskau von Napoleon mit eigener Hand dekoriert worden. Indes war Martin, der Jüngere, wegen eines studentischen Raufhandels aus Leipzig relegiert, nach Berlin verschlagen worden.

Dieses Berlin zwischen zehn und dreizehn war aber für ein junges, empfängliches Herz eine Schmiedeglut, in der die Stoffe, die so ein Menschlein aufbauen, eingeschmolzen und umgeschmolzen wurden. Es war das Berlin, das noch dürstend von Fichtes und Schleiermachers Geist zehrte. In ihrem Geist war auch der junge Sachse wiedergeboren worden und war ein Deutscher geworden. Ein deutscher Schwärmer wie irgendeiner, gottestrunken und freiheitbegeistert, für den die Worte Volk, Einheit, Vaterland Trompetenstöße waren, die unwiderstehlich warben. Selbst erlöst und erweckt empfand er mit dumpfer Verzweiflung, daß der geliebte

Bruder unerlöst mitten unter den Verdammten stand, unter den Schergen des einen, gewaltigen, neuerstehenden Vaterlandes.

Da kam die Kunde von dem Zusammenbruch der *grande armée*. Es kam die Nachricht von dem fluchtartigen Rückzug des Korsen und von dem Aufflammen der Signalfeuer, die im preußischen Osten die Nation zum Rachekriege aufriefen. Martin Kettler lebte diese Wochen in einem Aufruhr aller Gefühle durch. Und als endlich ein Brief der Mutter meldete, der Bruder sei gerettet, sei in Dresden eingetroffen und warte dort auf den Ruf des vergötterten Kaisers, der doch endlich siegen müsse, da hielt es ihn nicht länger. Es trieb ihn, die Seele des Bruders zu retten.

Er reiste fluchtartig in stürmischer Eile in die Heimat. Bald zu Pferde, bald zu Fuß zog er durch die gärenden preußischen Provinzen zur Elbe. Unter Strapazen und Gefahren schlug er sich durch die Linien der preußischen Vorhut, die sich schon tastend nach Süden vorschob, und durch das aufgeregte Volk, das die Nationalverteidigung aus sich heraus organisierte.

In Dresden wartete seiner eine herbe und zerschmetternde Enttäuschung. Der Bruder nahm ihn anfangs nicht ernst. Er lachte über den Brausekopf, der sich in der Berliner Luft das Fieber geholt habe. Dann sah er doch wohl tiefer in die Seele des jungen Schwärmers hinein, erschrak und brauste auf. Er pochte, um den Verführten zur Vernunft zu bringen, herrisch auf seine Rechte als Erstgeborener. Er warf sich zum Vormund auf und verlangte Gehorsam. Martin Kettler kannte nur eine Macht, die ihm befehlen konnte, sein deutsches Gewissen. Er und Heinrich redeten zwei verschiedene Sprachen, in denen sie sich nicht verstanden. Der Ältere sprach, ein Kavalier der alten Schule, die Hand am Portepee, der Jüngere hielt, möchte ich sagen, die Hand drohend auf die heiligen Bücher, in denen Fichte und Kant in harten und herben Worten von Pflicht und Gewissen reden.

Es kam nach Stunden des Streitens und erbitterten Diskutierens zu einer verzweiflungvollen Szene. Martin Kettler warf sich zu den Füßen des Bruders und beschwor ihn unter Tränen, den Degen von sich zu werfen, wenn er ihn nicht gegen den Bruder führen wolle. Erschüttert sah Heinrich die Unbeugsamkeit seines Entschlusses und raffte sich noch einmal zu zornigen Worten von Offiziersehre,

Fahnenflucht und Hochverrat auf. Die Mutter trat zwischen sie und suchte ihre Hände ineinander zu zwingen. Endlich taumelte Martin auf und näherte dem andern sein heißes, zuckendes Gesicht: »Ich bin umsonst gekommen, Heinz. Wir verstehen uns nicht mehr. Gott schütze dich und mich.« Er würgte die Worte mühsam durch die Kehle, und ein zehrender Schmerz verdunkelte seine Augen, deren Blicke sich mit verzweifelnder Liebe in die des Bruders zu bohren schienen. Dann riß er sich los und stürmte davon.

Heinrich rang mit seiner jähen Erschütterung und eilte ihm nach, ihn, wenn es sein mußte, mit Gewalt zu halten. Der andere war verschwunden, als hätte ihn die Erde verschlungen.

Den Donner der von Davousts Franzosen vor den anrückenden Preußen gesprengten Augustusbrücke hinter sich, floh er zurück. Ohne Rast und Kost, in einer wilden Betäubung jagte er nach Berlin. Toll und sinnlos ritt er Tag und Nacht. Er ritt mit offener Brust gegen den stürmenden Regen, um die innere Fieberglut zu dämpfen. Kein Wunder, daß er halbtot, zum Äußersten erschöpft und verwildert in Berlin anlangte. Am Spätnachmittag erreichte er sein Ziel, am Abend lag er ohne Besinnung in wilden Fieberphantasien zu Bett. Der Arzt, den die erschrockene Zimmerwirtin herbeirief, konstatierte eine schwere Lungenentzündung und packte ihn in Eis. Tagelang rang der junge, kräftige Körper mit dem Tode.

Von alledem wußten wir andern damals nichts. Zwar hatte uns Ernst Junge um möglichste Ruhe gebeten, da ein Rekonvaleszent im Hause sei. Aber die deutsche Erde dampfte damals vom Blute ihrer besten Söhne, die Welt war voll von Stöhnen und Todesseufzern, da konnte ein halbgenesener Student keine ängstliche Schonung verlangen. Die Gläser klangen allmählich wie sonst. Die Lieder schallten ungehemmt. Worte fuhren schneidig wie stählerne Klingen durcheinander, dröhnten wuchtig wie Schmiedehämmer in unsere Herzen, rauschten prahlend wie Siegesbanner über unseren Häuptern.

Plötzlich tat sich die Tür auf und der Fremde stand unter uns. Die meisten von uns fuhren unwillkürlich bestürzt von den Sitzen. Der, der vor uns hintrat, gehörte nicht unter uns. Wir saßen da mit heißen, roten Gesichtern, er stand leichenfahl wie ein Grabentstiegener unter uns. Unordentlich gekleidet, sogar mit verworrenem Haar, starrte er uns wie ein Fiebergespenst an. Er gehörte nicht zu uns Lebenden.

Er trat schwankend an unseren Tisch, ließ sich in einen Stuhl sinken und kam unseren Entschuldigungen zuvor. ›Lassen Sie sich nicht stören, meine Herren. Ich möchte Sie singen, ich möchte Sie reden hören. Ich gehöre ja zu Ihnen, sobald ich wieder bei Kräften bin.‹

Wir drangen in ihn, sich wieder zu Bett zu legen. Wir drohten, nach Hause zu gehen, wenn er nicht gehorchte, aber er sah sich fiebernd in unserer Runde um und brachte uns zum Verstummen.

›Nur ein paar Augenblicke noch! Ich beschwöre Sie darum. Ich habe Ihnen etwas zu erzählen, was Sie alle angeht. Gerade Ihnen, meine Herren. Ich muß wissen, wie Sie davon denken.‹

Wir gaben willenlos im Bann seiner fiebernden Erregung nach. Da erzählte er in leidenschaftlich hervorgestoßenen, ungeordneten Sätzen eine erschütternde Geschichte, die noch keiner von uns kannte.

›Sie jubeln hier und haben ein Recht zu jubeln. Aber es gibt Tausende von Deutschen, die nicht mitjubeln können. Es gibt unzählige Deutsche, die noch nicht deutsch geworden sind. Innerlich nicht und äußerlich nicht. Die jubeln nicht mit Ihnen, sondern knirschen mit den Zähnen. Oder wenn sie jubeln, gilt es dem Landesfeind. Ich weiß es. Ich bin gestern – vor ein paar Tagen meine ich – aus Sachsen zurückgekommen. Ich weiß, daß Sie auch noch kein Recht haben zu jubeln. Ich will Ihnen sagen, was man sich dort erzählt, wo ich herkomme. Ich will Ihnen das wiedererzählen, um zu sehen, ob Sie dann noch jubeln können, solange das möglich ist...

Ich kenne zwei Brüder in Dresden, junge Edelleute, die sich lieben, solange sie denken können. Sie haben an einer Mutterbrust getrunken, haben Bett an Bett geschlafen, haben zusammen gegessen, getrunken und gespielt. Es sind reiche, glückliche Menschen, die jedes Kind in Dresden als Brüder kennt. Jeder hat sie schon einmal zusammen reiten, zusammen tanzen, zusammen Arm in Arm durch die Straßen gehen sehen. Ihre Sporen haben das Jahr hindurch nebeneinander auf dem Pflaster geklirrt. Sie sind wie ein Mensch gewesen, die zwei...

Mit einmal ist es anders geworden. Der Ältere ist für Napoleon nach Rußland gezogen und trägt seinen weißen Stern am roten Band auf der Brust. Der andre ist indes hier in Berlin ein Deutscher geworden. Der Offizier ist zurückgekommen von den russischen Leichenfeldern. Da hat der Jüngere mit ihm gerungen, ihn zu bekehren und zu gewinnen und von dem Verworfenen zu lösen. Aber er ist mit Ketten an ihn geschmiedet gewesen. Er hat der Tränen und Beschwörungen gelacht. »Es ist Frühling«, hat er gehöhnt, »da rauschen die Bäche in Deutschland! Laß es Herbst werden, da sind die Bächlein still, und nur der Strom redet noch, der das Jahr durch braust. Es gibt nur einen Napoleon.« Der Jüngere hat vor ihm gekniet und um seine Seele gerungen wie Jakob gegen Gott. Aber es ist umsonst gewesen.

Da hat ihm Gott einen Traum gegeben. Er hat ein Opfer von ihm verlangt wie von Abraham. Er hat ihn berufen zu einem furchtbaren Werk. Er hat ihm in Träumen den Bruder in den Straßen Dresdens gezeigt an der Spitze französischer Mietlinge. Das weiße Zeichen auf der Brust. Und mit einmal hat der Träumende sich selbst gesehen im Traum. Leibhaftig gesehen, wie er auf den Bruder zuschreitet, ihm vor allem Volke den Weg vertritt und ihm die Ehrenlegion von der Brust reißt...

Er ist erwacht und hat gewußt: Gott will es. Du mußt tun, was du im Traum gesehen hast. Du mußt es tun, damit die stumpfe Menge aus ihrer Ruhe gerissen wird. Du sollst das Furchtbare tun, um ein Zeugnis abzulegen. Du bist erweckt, um zu erwecken. Du sollst ein Blutzeuge sein vor allem Volke, daß sie nicht mehr Brüder sein können, die nicht ein Vaterland haben. Du sollst ein Blutzeuge sein, daß das Vaterland über Blutbanden und Bruderliebe steht. Du sollst das Widernatürliche tun, damit die Stumpfen und Trägen zur Natur zurückkehren, zur Natur, die keinen anderen und höheren Namen kennt als Vaterland. Du, den sie alle in der Stadt kennen, sollst vor den entarteten Bruder, den sie auch alle kennen, hintreten und sollst ihm das Schmählichste tun, so sehr dir das Herz blutet. Und er soll dich in Ketten schlagen und vor die Läufe der französischen Büchsen stellen müssen, damit die Widernatürlichkeit offenbar wird vor allem Volke...

Und der Jüngere hat an dem Älteren getan, wie Gott von ihm verlangt hat. Und ihm ist von dem Bruder, der ihn liebt, geschehen, wie er gewollt hat. Sein Blut ist auf das Pflaster gespritzt... Es ist alles geschehen, wie Gott gewollt hat...‹

Wir Studenten saßen wie gebannt und erstarrt unter dem Eindruck des Unerhörten, das durch die Art der leidenschaftlichen, stoßweise hervorbrechenden Erzählung grausig gesteigert wurde. Wir waren wie gelähmt und fanden kein Wort, als der Fiebernde schwieg.

Da taumelte Martin Kettler auf. Er stand hochaufgerichtet, hager mit offener, arbeitender Brust und brennenden Augen vor uns wie ein Schlangenzauberer und hielt uns in Bann. ›Sie sind erstarrt von dem, was Sie nur *hören*. Die andern, die Verirrten, die es mit eigenen Augen sehen müssen, müssen in der Hölle brennen, die Sie nur brodeln sehen. Gute Nacht, meine Herren. Ich danke Ihnen.‹

Er schwankte zur Tür. Da riß sich einer von uns aus der lastenden Erstarrung, sprang auf, holte ihn ein und packte ihn an der Schulter. ›Und wann um Gottes willen, Mensch, wann ist das geschehen, was Sie da sagen?‹ Auch wir anderen waren von unseren Stühlen aufgefahren. Da griff der Kranke nach der Hand, die auf seiner Schulter lag und machte sich los. Dabei wandte er sich noch einmal voll nach uns um und stand lautlos keuchend vor uns. In seinen Augen glomm die Hölle, von der er gesprochen hatte. Dann holte er ein paar Worte aus dem tiefsten Innern herauf, die wie ein Todesurteil klangen: ›Wann das geschehen ist, fragen Sie mich? Morgen.‹ Dann drehte er sich kurz um und ließ uns allein.

Ernst Junge, der allein von uns eine geringe Kenntnis von den Verhältnissen des Fremden hatte, lief ihm, ein paar Stühle umwerfend, nach und holte ihn auf dem Gange ein. ›Um Gotteswillen‹, keuchte er, ›Sie selbst wollen... Sie haben uns erzählt, was Sie erst tun wollen. – Ich beschwöre Sie... Sie wissen nicht, was Sie tun! Sie sind krank. Hören Sie doch –!‹ Aber der andere machte sich gewaltsam frei: ›Lassen Sie mich! Ich bin nicht krank. Das Volk ist krank. Ich weiß, was ich tue. Ich habe denen da drin die Geschichte erzählt, um zu sehen, wie die Tat auf deutsche Jünglinge wirkt. Jetzt weiß ich, Gott will die Tat. Er hat den Gedanken in mich gesenkt, ich darf ihn nicht ausroden. Ich muß. Es ist Pflicht. Sie sollen fühlen, daß das

Vaterland ein Ding ist, um dessentwillen man dem Liebsten, was man hat, das Bitterste antun muß. Sie müssen fühlen, daß ihr Stumpfsinn Verbrechen ist und Verbrechen zeitigt und die Natur gegen sich selbst verkehrt. Lassen Sie mich! Sie haben kein Recht, mich zu halten.‹ Damit entwand er sich den seine Hände umklammernden Armen des jungen Theologen und verschwand in seinem Zimmer. Den Riegel stieß er vor.

Wir waren in der äußersten Bestürzung. Es war keine Minute mehr zu verlieren, wenn wir noch zur Zeit in unseren Kasernen sein wollten. Über die nervenaufpeitschende Erzählung Martin Kettlers hatten wir alle die Stunde vergessen. Wir konnten nicht bleiben. Noch einmal versuchte Ernst Junge durch die geschlossene Tür eine Unterhaltung mit dem leidenschaftlich Erregten anzufangen. Er erhielt keine Antwort. Es blieb uns nichts übrig, als in fliegender Hast die Hauswirtin zu verständigen und ihr äußerste Aufmerksamkeit einzuschärfen. Sie versprach, nach dem Arzte zu schicken, und wir brachen in einer Art von Betäubung, selbst wie im Fieber auf und eilten unserer Kaserne zu.

Am andern Morgen erfuhren wir von der aufgeregten Frau, daß sie den fieberkranken Studenten nicht von der Ausführung seines wahnsinnigen Entschlusses habe abhalten können. Sie habe sofort nach dem Arzt geschickt, aber noch ehe er eingetroffen sei, habe sich plötzlich Kettlers Tür aufgetan und der Kranke sei in Stulpstiefeln und Reisemantel herausgekommen und habe sie mit einem drohenden Blicke zur Seite gescheucht. Er habe gefährlich ausgesehen, wie ein verzweifelter Mensch, von dem man das Schlimmste erwarten müsse. Er habe ausgezehrt und wie ohne einen Tropfen Blut im Leibe ausgesehen, sei aber aufrecht, steif und sporenklirrend die Treppe herabgeschritten. Wie ein Gespenst habe er ausgesehen, das niemand anhalten und anreden könne.

Martin Kettler blieb verschwunden. Seine Reise allein war bei seinem Zustand Selbstmord. Der Arzt versicherte, es sei ausgeschlossen, daß er mit seinen körperlichen Kräften aushalte. Der Paroxismus, der ihn jetzt aufrecht erhalte, müsse in ein paar Stunden in völlige Erschöpfung umschlagen. Aber ob er dann hilflos am Wege liegen bleibe oder in irgendeiner menschlichen Behausung barmherzige Pflege fände, er sei ein verlorener Mann. Selbst die kräftigste Konstitution könne ihn nicht mehr durchreißen.

Martin Kettler blieb verschollen. Umfassende Nachforschungen machten sich durch den Charakter der Zeit von selbst unmöglich, und der Zufall, der allein hätte helfen können, war uns nicht günstig. Zudem brachte uns in den nächsten Tagen der nächste Truppenschub aus Berlin und warf uns in den Hexenkessel des Weltbrandes. Das Interesse für ein noch so erschütternd geartetes Einzelschicksal ging in dem Daseinskampf der Nation unter. Gleichwohl ging uns noch zuweilen ein Schauer jener grausigen Stunde nach und an unserem nächtlichen Lagerfeuer tauchte dann und wann der Schatten des Unseligen auf. Sein rätselhaftes Verschwinden gab uns in langen Nachtstunden Stoff zu müßigen Kombinationen.

Die Lösung des Rätsels aber erhielt ich erst nach Jahren.

Bald nach dem zweiten Friedensschluß mußte ich mich in Erbschaftsangelegenheiten einige Tage in der sächsischen Hauptstadt aufhalten. Ich kürzte mir die faule Zeit durch Wanderungen in dem märchenhaft schönen Elblande. Da brachte mir eine Kahnfahrt über den Strom mit einmal den jungen sächsischen Edelmann ins Gedächtnis, dessen väterliches Schloß hier irgendwo in der Nähe stehen mußte. Ich stellte Erkundigungen an und merkte bald, daß das Unglück der Familie auch jetzt noch nach greuelreichen Kriegsjahren in der Erinnerung der Bevölkerung lebte. Doch widersprachen sich die Berichte stark, offensichtlich hatte das Unerhörte eine üppige Sagenbildung hervorgerufen. Mich aber trieb es, die ungeschminkte Wahrheit über den Ausgang des unglücklichen Jungen zu erfahren, dessen Schicksal sich einst vor meinen Augen angesponnen hatte. Es hielt nicht schwer, einen Augenzeugen zu finden, der mir bereitwilligst erzählte, was er wußte. Was ich von ihm erfuhr, war dies:

Das Unglaubliche war dem kaum Halbgenesenen damals dennoch gelungen. Die dämonische Macht, die sich aus seinen Fieberträumen zusammengeballt und von ihm Besitz genommen, hatte ihm eine Kraft gegeben, die über die Grenzen des Natürlichen hinausreichte. Der ausschweifende Geist hatte das Fleisch gezwungen.

Der sieche Leib hatte den Peitschenhieben des schwärmenden Gewissens gehorcht.

Das Schicksal selbst war ihm entgegengekommen. Hundert Zufälle müssen den Kranken sicher wie einen Schlafwandler durch die Heeressäulen der Verbündeten und ihre mißtrauischen Späher geführt und vor den Fährnissen eines Landes, in dem die bürgerliche Ordnung aufgehoben war, behütet haben. Er gelangte wider jedes Menschenermessen an das Ziel seiner tollen Reise.

Aber der Zufall tat noch mehr. Fast gleichzeitig mit ihm waren die Franzosen mit dem Kaiser nach Dresden zurückgekehrt, das sie wenige Wochen zuvor nach der Zerstörung der schönsten aller Elbbrücken geräumt hatten. Heinrich Kettler war in Dresden und half in fiebernder Hast die Armee zum vernichtenden Schlage gegen die Alliierten zu organisieren. Es galt, nach den Verlusten der Veteranenhekatomben in Rußland erst aus neuem Menschenmaterial und den Trümmern der alten Armee ein gleichwertiges Instrument für die kriegsgewaltige Hand des Kaisers zu schaffen.

Heinrich Kettler war mit ganzer Seele bei dem Werk, wenn er auch dann und wann die Erinnerung an den Bruder und die Furcht vor einem tückischen Zufall nur mühsam betäubte, der ihn und Martin eines Tages mit dem Degen in der Faust gegeneinander treiben konnte. Immerhin, wahrscheinlich war ein solch hinterlistiges Spiel des Schicksals nicht. Nach menschlichem Ermessen mußte ihm das Äußerste wenigstens erspart bleiben.

Daß es ein noch Furchtbareres für ihn gab als dieses Äußerste, das er zu denken vermochte, daß dieses Furchtbare drohend nahe lag und zum zermalmenden Schlage ausholte, davon sprach kein Schauder in seinem Blute.

Indes hatte Martin mit einer unfaßlich kaltsinnigen Umsicht, deren nur die Verzweiflung eines Menschen, der sich selbst in dämonischer Entschlußkraft vergewaltigt, die Gelegenheit erkundet. Nur das eine, das geschehen mußte, ließ er in sein Bewußtsein, alles andere, jeder weiche Gedanke an sich und den Bruder und ihrer beider Mutter brannte in diesem zehrenden Feuer aus.

Er wußte die Stunde, in der die jüngeren Offiziere von der Paroleausgabe in das Quartier ihres Marschalls kommen mußten. Er kannte den Weg, den sie gehen würden. Er hatte den Augenblick berechnet, in dem Heinrich mit dem glänzenden Stabe dort vorbeikommen mußte, wo die gaffende Menge sich am dichtesten staute, am Südturm des Zwingers, wo in grünenden Gärten die Militärkapellen konzertierten.

Dort stand er in eine Nische des barocken Wunderbaues gedrückt, und jede Fiber seines Leibes bebte in der tödlichen Erwartung. In dem ausgewaschenen, schmutzig-grauen Reisemantel, den der Regen seiner Nachtritte formlos gemacht hatte, sah er mehr aus wie ein Landstreicher als wie ein Bruder des glänzenden, eleganten Offiziers, der säbelrasselnd im Kreise schwatzender Kameraden die Straße heraufkam.

Jetzt war der Augenblick da. Jetzt oder nie. Martin Kettler fühlte, wie ihn ein Etwas körperlich, gewaltsam zurückriß, er fühlte, daß seine Füße zu Bleiklumpen wurden, die ihn an den Erdboden fesselten, aber er wußte mit grausamer Deutlichkeit, wenn er jetzt versagte, würde er nie die Kraft finden, zu tun, was getan sein mußte. Wie durch einen Nebel sah er erst noch die verschwimmenden Gestalten der Kameraden seines Bruders. Er erkannte gemeinsame Spielkameraden unter ihnen. Dann sah er nur mehr den einen, um den alles andere schemenhaft verschwamm. Nur die geliebte Gestalt seines Bruders sah er, strahlend, elegant, ahnungslos. Mit einem verzweifelten Blick umfaßte er die ganze Erscheinung, keine noch so gleichgültige Einzelheit entging ihm, er sah die hohen glänzenden Schaftstiefel, die bis über die Knie reichten, sah die knapp anliegende weiße Hose, den goldgestickten Waffenrock, der sich über der schlanken Taille straffte, den schaukelnden Degen im kostbaren Wehrgehenk, das schmale, gebräunte Gesicht mit den teuern Zügen...

Dann sah er nur noch eins, weil er nichts anderes mehr sehen durfte. Sein Auge haftete starr auf dem weißen Stern mit dem Bildnis des Gottverfluchten, das dort am roten Bande leise gegen andre glitzernde Sterne klirrte. *Napoléon empereur des Français* stand dort eingegossen. *Honneur et patrie* stand auf dem Revers. Das Satansamulett schimmerte gleißend zu ihm wie ein Stern aus blutigem Nebel.

Da zwang er sich vorwärts. Hölzern, mechanisch, wie eine große, groteske Spielpuppe, schob er sich dem Bruder in den Weg.

Dicht vor ihm hob er mit einem Ruck das Haupt, daß der Reisehut zu Boden fiel. Im selben Augenblick fuhr die schlanke Gestalt des jungen Offiziers zusammen, wie vom Schlag gerührt. Ohne irgendeines noch so verwirrten Gedankens fähig zu sein, starrte er in das leichenfahle, zerstörte Gesicht des Bruders, der vor ihm aus dem Boden gewachsen schien.

Keiner der beiden sprach ein Wort. Die Begleiter, die zum Teil mit den Brüdern großgeworden waren, standen wie betäubt und alle fühlten, daß etwas Grauenvolles im Werden war. Irgendwo schrie jemand: »Sein Bruder!« Von irgendwoher wehten die Klänge einer Regimentskapelle herüber. Jetzt schwieg sie. Und hundert Augen blickten starr auf die versteinerte Gruppe der beiden Brüder. Kein Arm hob sich, kein Fuß rührte sich, wie eine Lähmung lag es auf allen.

Da hob Martin, ohne die verzweifelten Augen aus denen des Bruders reißen zu können, die Hand nach der Brust des andern. Mit der Linken faßte er, der sich kaum noch aufrecht zu halten vermochte, nach Heinrichs Epaulettes wie nach einer Stütze. Mit der Rechten umkrampfte er den weißen Stern und riß ihn mitsamt dem roten Bande vom Waffenrock. So grauenhaft still war es um die beiden, während sich das begab, daß jeder in der Menge das leise knisternde Spleißen hören mußte, mit dem das Band des Ordens zerriß. Der lautlose Aufschlag des Metalls im Straßenstaube selbst war laut hörbar. Dann einen Moment tiefe Stille. Und nun ruft eine klanglos blecherne Stimme, die doch in dem grausigen Schweigen überall hin verständlich ist. ›Es lebe Deutschland! Nieder mit den Franzosen!‹

Da wich die Erstarrung, die, solange ein Herzschlag aussetzen kann, auf allen gelegen. Allen war der Sinn des Überfalls klar, den Bruder auf Bruder gemacht hatte.

Die Hände einiger Offiziere fuhren nach dem Degen.

Heinrich Kettler hatte zuerst von allen begriffen, was vorgegangen war. Das Gefühl der tödlichen Beschimpfung brannte auf. Alles Blut drängte erstickend nach dem Herzen. Seine Hand riß den Degen aus der Scheide. Der andere stand wie erstorben mit hängenden Händen und glanzlos stierenden Augen.

Im letzten Augenblick fiel einer der Kameraden in Heinrichs erhobenen Arm, den Brudermord zu verhindern. Einer der andern faßte sich und gab ein paar kurze Kommandos. Im Augenblick bemächtigten sich französische Soldaten der Arme des Attentäters und rissen ihn fort. Heinrich Kettler wankte taumelnd in die Arme des Kapitäns, der ihn stützte. Und mit einmal schrie der geschlagene Mann gellend auf ›Martin!‹ – ein kurzer, markerschütternder, verzweifelter Schrei wie ein sinnloser Hilferuf. Der Arrestant zuckte, ins Innerste getroffen, noch einmal zusammen. ›Heinz...‹ – seine Worte kamen erstickt und kaum hörbar – ›ich habe es ja tun müssen, Heinz.‹ Dann wurde er abgeführt. Heinrich Kettler ging schwankend am Arm des Kameraden die Straße hinab. Irgend jemand hob das Bild des Kaisers aus dem Staube. Das Volk stand noch eine Weile und starrte nach der leergewordenen Stelle. Dann begann ein Durcheinander erregter Stimmen, ein Schwatzen, Deuten und Vorwärtsdrängen. Neue Scharen sammelten sich und verliefen sich. Bis zum Eintritt der Dunkelheit ebbte und flutete die Erregung des Volkes.

Zwei Brüder hatten um Leben und Tod die Klingen gekreuzt. Und allen, die es gesehen hatten, war, als seien beide auf dem Platze geblieben. Kein Haß hatte zwischen beiden gestanden, das hatte der Stumpfste gefühlt. ›Es lebe Deutschland, nieder mit den Franzosen‹, es war, als hätte sich der Schrei Martin Kettlers in den steinernen Kronen und Ballustraden über den Köpfen der Menge verfangen und hallte dort spukhaft weiter, ohne zur Ruhe zu kommen. –

Die Freunde der Familie boten am andern Morgen das Äußerste auf, das Standrecht über den Schwärmer aufzuhalten. Die Mutter warf sich zu den Füßen des Kaisers und schwor die höchsten Eide, daß ihr Kind in einer Fieberverwirrung gehandelt habe, die nicht bestraft werden könne. Er wisse nicht, was er getan habe, und sein und der Seinen Leben sei durch die unselige Tat vernichtet auch ohne blutige Rache.

Martin Kettler selbst machte alle diese Bemühungen zu schanden, indem er mit leiser, verschleierter Stimme, aus der doch volle Klarheit des Bewußtseins schimmerte, immer wieder das Geständnis wiederholte, das, wie er wußte, sein Todesurteil war. Er deckte seine geheimsten Beweggründe vor dem inquirierenden Offizier auf wie vor einem Beichtvater und verlangte nur nach dem Tode.

Der Kaiser wußte wohl, daß im Innern des Volkes feindselige Gefühle gärten, die nicht ermutigt werden durften. Am zweiten Morgen nach seiner Tat wurde Martin Kettler im Hof des Militärgefängnisses erschossen. Sein letztes Wort war ein Gebet an Gott, Mutter und Bruder zu trösten.

Dem Volke war die Stunde der Exekution nicht bekannt, erst nach der Füsilierung wurde Urteil und Strafvollzug durch Affichen bekannt gegeben. Aber seit der junge Edelmann eingeliefert war, drängte sich vor den Toren eine aufgeregte Menge.

Zweimal war eine tiefverschleierte Frau durch das Gedränge des Volkes in das finstere Gebäude gegangen. Zweimal war die Mutter bei ihrem Kinde gewesen, das erste Mal, um ihm das rettende Geständnis abzubetteln, das andere Mal, um Abschied zu nehmen. Bei ihrem Kommen und Gehen war es still unter der schwatzenden Menge.

Nur beim letzten Male hatte die unglückliche Frau ein paar Worte eines alten Mannes aufgefangen, der die Rückkehr der Mutter im Eifer des Redens nicht bemerkt hatte. ›Was ist nun das Ende?‹ schalt der Alte, ›ein junger Heißsporn schüttet sein gesundes, rotes Blut in die Gosse. Und der andere? Er wird den Griff auf Brust und Schulter fühlen durch jeden Rock, solange er lebt. Durch Husarenrock und Bauernjacke und auf nacktem Leibe wird er ihn fühlen. Denn die Hand, die ihn beschimpfte, ist eine Totenhand. Und ist seines Bruders Hand. Kann er's verantworten, seiner Mutter das Leid zu tun? Um nichts?‹

Einer aus der Menge zupfte ihn am Arm. Da bemerkte der Alte die verschleierte Frau, erschrak und zog verlegen den Hut. Aber Frau von Kettler machte sich von dem Arm ihres Begleiters – er ist es, der mir alles erzählt hat – frei, schob den Schleier ein wenig zurück und trat erschüttert auf den Bestürzten zu. ›Für nichts?‹ sagte sie leise und schweratmend. ›Wissen Sie das so genau mein Herr? Haben Sie kein Ohr, die Stille zu hören, die auf dem weiten Platz gewesen sein muß, als die Tat geschah? jene grausige Stille, die wie gerinnendes Blut erstickend in alle Herzen drang, als die Brüder sich das antaten? Warum war diese Stille? Das Widernatürliche war geschehen. Daß es geschehen *konnte*, gleichviel ob zu Recht oder Unrecht, daß es überhaupt möglich war, das richtet das Volk, dessen Söhne die beiden Jungen sind. Das Volk trägt die Blutschuld dieser Tat, und das Volk hat es gefühlt. Es mag vielleicht einmal eine Zeit geben, wo wir ein Volk sind, das sich von dieser Blutschuld reingewaschen hat. Mein Kind da drinnen glaubt daran. Die Menschen, die seine Tat mit Augen gesehen haben, haben die allgemeine Schuld jäh gefühlt, wie man plötzlich in dem Deich, hinter dem alle wohnen, einen Riß klaffen sieht. Ob die Erkenntnis früher oder später einmal Frucht bringt, weiß nur Gott. Wenn aber einmal das deutsche Vaterland, von dem mein armes Kind träumt, kommen sollte, so muß jede Mutter, die von meinem Schicksal hört, es ihren Kindern inbrünstiger ans Herz legen als den Herrgott selber. Das weiß ich.‹

Die Stimme der Unglücklichen versagte, und sie wandte sich ab. Die Menge stand barhäuptig und ohne sich zu rühren, und die Mutter schritt durch die Gasse der Menschen, als schritte sie eine Kirchhofmauer entlang.«

Dr. Wagner schwieg und griff nach seinem Glase, doch ohne es zum Munde zu heben. Auch die anderen sahen in schweigender Ergriffenheit vor sich nieder. Vergleiche drängten sich auf zwischen einst und jetzt. War man endlich auf dem Wege, *ein* Volk zu werden? Alle deutschen Stämme waren jetzt auf dem Marsch zur Grenze. War ihr aller Ziel das eine, große Vaterland? In dieser Stunde glaubten alle daran, die um den weißbärtigen Veteranen von 1813 am Tische saßen. Aber keiner sprach von dem, was ihn erfüllte.

Da löste der Greis den Bann, der auf allen lag. Er hob sein Glas und sagte leise: »Meine Herren – auf die, die unter der Zwietracht der Kinder schuldlos am bittersten leiden, die die Eintracht der Kinder am treuesten hüten werden, auf die deutschen Mütter!«

Über tredition

Eigenes Buch veröffentlichen

tredition wurde 2006 in Hamburg gegründet und hat seither mehrere tausend Buchtitel veröffentlicht. Autoren veröffentlichen in wenigen leichten Schritten gedruckte Bücher, e-Books und audioBooks. tredition hat das Ziel, die beste und fairste Veröffentlichungsmöglichkeit für Autoren zu bieten.

tredition wurde mit der Erkenntnis gegründet, dass nur etwa jedes 200. bei Verlagen eingereichte Manuskript veröffentlicht wird. Dabei hat jedes Buch seinen Markt, also seine Leser. tredition sorgt dafür, dass für jedes Buch die Leserschaft auch erreicht wird.

Im einzigartigen Literatur-Netzwerk von tredition bieten zahlreiche Literatur-Partner (das sind Lektoren, Übersetzer, Hörbuchsprecher und Illustratoren) ihre Dienstleistung an, um Manuskripte zu verbessern oder die Vielfalt zu erhöhen. Autoren vereinbaren direkt mit den Literatur-Partnern die Konditionen ihrer Zusammenarbeit und partizipieren gemeinsam am Erfolg des Buches.

Das gesamte Verlagsprogramm von tredition ist bei allen stationären Buchhandlungen und Online-Buchhändlern wie z. B. Amazon erhältlich. e-Books stehen bei den führenden Online-Portalen (z. B. iBookstore von Apple oder Kindle von Amazon) zum Verkauf.

Einfach leicht ein Buch veröffentlichen: **www.tredition.de**

Eigene Buchreihe oder eigenen Verlag gründen

Seit 2009 bietet tredition sein Verlagskonzept auch als sogenanntes "White-Label" an. Das bedeutet, dass andere Unternehmen, Institutionen und Personen risikofrei und unkompliziert selbst zum Herausgeber von Büchern und Buchreihen unter eigener Marke werden können. tredition übernimmt dabei das komplette Herstellungs- und Distributionsrisiko.

Zahlreiche Zeitschriften-, Zeitungs- und Buchverlage, Universitäten, Forschungseinrichtungen u.v.m. nutzen diese Dienstleistung von tredition, um unter eigener Marke ohne Risiko Bücher zu verlegen.

Alle Informationen im Internet: **www.tredition.de/fuer-verlage**

tredition wurde mit mehreren Innovationspreisen ausgezeichnet, u. a. mit dem Webfuture Award und dem Innovationspreis der Buch Digitale.

tredition ist Mitglied im Börsenverein des Deutschen Buchhandels.

Dieses Werk elektronisch lesen

Dieses Werk ist Teil der Gutenberg-DE Edition DVD. Diese enthält das komplette Archiv des Projekt Gutenberg-DE. Die DVD ist im Internet erhältlich auf **http://gutenbergshop.abc.de**